「まぶしっ！」
クロシィ
早速キノコに手を
かざしてみると、
右側だけが野球場の
ナイター照明のように
た。

「多段薬効進化・兆」
俺は豚汁の鍋に向かって、
錬金用のスキルを発動した。
すると……さっきとはレベルの違った
旨味が口の中に広がった。
何だこれは。A5ランクの牛の希少部位か……!?

なんでも錬金術師は今日ものんびり志向で生きています

神様のミスで超絶チートに転生したけど、
俺がしたいのは冒険じゃなくて
ホワイト商会の立上げです

Tamaki Yoshigae
可換 環

illustration
いずみけい

目次

プロローグ

【厳正な選考の結果、誠に残念ながら、結城《ゆうき》様のご希望に添いかねることとなりました。多くの会社の中から弊社に応募いただいたことに改めて御礼を申し上げますと共に、結城様のこれから一層のご活躍をお祈り致します。】

メール文を見て——俺は耐え難い目眩《めまい》に襲われた。

これで最後の希望が絶たれた。

自分の将来が絶望の闇に蝕《むしば》まれていくのを、俺は今までになくはっきりと感じた。


俺は結城　裕樹《ゆうき》。新卒二年目の証券マンだ。

見ての通り、ただいま絶賛転職活動中。

今の会社は、大学生の時は紛れもなく第一志望だった。

だがたったの一年ちょっとで……俺の就職先への評価は、百八十度変わっていた。

就活中の俺は馬鹿そのものだった。

当時の俺は、企業を選ぶにあたって年収しか見ていなかった。

『新卒から他の業種より圧倒的に手取りが高い』『ボーナスは歩合制なので営業の年収は青天

井』『高級車なんて当たり前のように買える』……会社説明会やOB訪問での甘言にまんまと乗せられ、俺はこの業界を志望してしまった。

内定をもらった時は周囲からも羨ましがられ、俺は勝ち組になれたのだと勝手に確信していた。

だが――入社早々、俺は一つの価値基準だけでこの業界を選んでしまったことを深く後悔させられることとなってしまった。

早すぎる出社時間に遅すぎる退社時間、厳しすぎるノルマ、そのノルマを達成できなかった時の上司からの激詰め。

「なぜ、働きやすさや人間関係などの職場環境をもっと重視しなかったのか」と、俺は就活時の自分を殴りたくなった。


それでも給料だけは文句なしでよかったので、しばらくは「第二新卒で転職」などという考えも頭に浮かばなかった。

今は大変でも、三十代四十代になれば「あの時苦しくても耐えた甲斐があった」と思える日が来るはず。

それだけを希望の糧に、俺は死にものぐるいで頑張り続けていた。

しかし――社会人になってちょうど一年くらいが経って、久々に大学のゼミの同期と会って一緒に飲んだ時のこと。

その考えに、転機が訪れた。

俺が証券会社勤務ということもあり、ゼミの同期からは資産形成について相談を受けたのだが。

その時彼が放った一言に、俺は衝撃を受けたのだ。

『つみたてＮＩＳＡは満額やってるんだけどさ、それ以外に年六十万くらいは貯金できてて。それをそのまま寝かせとくのもなーって思うんだけど……どうすればいい？』

それを聞いて、俺はこう思った。

なぜそんなに蓄財できている。俺は蓄財どころかカードローンで借金があるくらいなんだぞ？

同期は某二匹の黄色い鳥でお馴染《なじ》みの通信企業勤務。

世間的に見ればそこそこいい給料はもらっているだろうが、それでも証券会社勤務の俺ほどではないはずだ。

なのになぜ、どうしてこの差がついた。

そこからは、相談する側とされる側の立場が逆転した。

俺はどうやったらそんなにお金が貯まるのかを徹底的に追及することにした。

その結果……俺はある一つの落とし穴にハマっていたことに気付いた。

職場でのストレスのあまり、入ってくる以上に多額のお金を浪費してしまっていたということにだ。

勤務時間が長すぎてロクに睡眠も取れずヘトヘトなため、出社は基本タクシー。

ストレス発散のために酒を入れないとやってられないため、飲み屋をはしごが常習化。

それ以外にも、ストレスを少しでも軽減・発散するための使途不明金が多数出ていっていたのだ。

『そんなんじゃいくら給料が高くても本末転倒だろ』と、俺は同期に呆れられてしまった。

その日以降、俺は今までの生き方を反省し、浪費を全てやめ……ようとしてみた。

しかしそんな生活は、たったの一週間で破綻した。

お金を使わないようにしようとするとストレスが溜まる一方となり、鬱病一歩手前までいってしまったのだ。

あの時、俺はこう思った。

『この業界に留まっていたら、未来がよくなるどころか永遠に負のループから抜け出せない』と。

そこで初めて、俺は転職を本気で考えるようになった。

どの業界にしようかと考えた際、真っ先に頭にチラついたのは同期のこんな一言だ。

『多分、働きやすさって点でウチを超えるところは他にないと思う』

その言葉を信じ、俺は通信業界への転職を決めた。

狙うのは、某二匹の黄色い鳥でお馴染みのあの企業。

理由は二つ、リーディングカンパニーであることと、同期に相談に乗ってもらえることを思えば面接対策が立てやすいであろうことだ。

同期の力も借りて万全の対策を立て、俺は転職に挑んだ。

絶対に転職を決めたかったので、本社のみならずグループ会社もエントリーできるところは全て受けることにした。

だが俺はそれらにことごとく落ち続け――残弾は、俺の地元に拠点を置くグループ会社のみとなった。

今日は、そこの選考結果が出る日だった。

それがこのザマだ。

新卒で業界を選び間違えた業《ごう》を、俺は一生背負っていくしかないのか。

失意の中、俺は家に向かって無気力に足を動かし続けていた。


――と、そんな時。

「プップーッ！」

近くから、けたたましいクラクションの音が聞こえてきた。

思わず音の鳴る方を振り向くと、なんと大型トラックが目と鼻の先まで迫っていた。

ヤバい。全然気付いていなかった。

これはもう手遅れ――。

観念して目を瞑った瞬間、全身にこれまで感じたことのない激しい痛みが走った。

吹っ飛ばされ、身体が宙に浮く中。

耐えきれない激痛に、俺は意識を失った。

◇

次に目が覚めた時……俺は真っ白い空間にいた。

「ここは……？」

しばらくしたら光に目が慣れ、周囲の光景が見えだすかと思ったが、一向にその気配はない。

最後の記憶が交通事故なのだから、順当に考えれば病院にいるはずなのだが……それらしい器具も一切見当たらない。

もしかして、事故の影響で視力を失ったのだろうか。

そんなことを考えつつ、周囲を見渡すと……ふいに、一人の男が視界に入った。

「……な!?」

どうせ何も見えないだろうという予想が裏切られ、俺は驚いて声をあげてしまった。

どうやら視力を失っていたわけではないようだ。

しかしだとすれば、この男——そしてこの空間はいったい。

「気がついたか」

困惑していると、男が話しかけてきた。

「ここはどこですか？　そしてあなたは誰？」

とりあえず、今は目の前の男くらいしか情報を得られる手段がないので、浮かんだ疑問を口にしてみる。

すると……衝撃の事実を告げられた。

「ここは神界だ。要は……死んだことによって、魂がここに連れてこられたということだ」

なんと、俺は生きてすらいなかったようだ。

嘘だろ。意識が戻ったら普通、助かったんだって思うだろ。

ということは——。

「あなたは……神？」

俺はそう予想を打ち立てた。

死んで連れてこられる場所にいる男なんてほぼ神か閻魔大王かの二択だが、閻魔大王ならもっとこう裁判長っぽい恰好をしてそうなイメージなので、おそらく消去法で神だろう。

「察しがいいな」

俺の問いに、男は少し感心したようにそう答えた。

彼はこう続ける。

「俺はルシファー。所属はリインカーネーション推進部ホモサピエンス担当だ」

……何だその会社の部署名みたいな肩書きは。

リインカーネーションって確か転生って意味だったよな。

このルシファーとかいう神は、人間の転生を司る神……ってことでいいんだろうか？

「俺の仕事は死んだ人間の魂を転生させることだ。今からお前のステータスを調整して、異世界に送る」

予想はまたもやドンピシャだった。

いや、ドンピシャではないか。

転生はともかくとして、異世界なんてものもあるのか……。

「異世界って……どんなところなんですか？」

「どんなところ？　そうだな……地球出身のホモサピエンスには、こう伝えれば分かりやすいか。平たく言えば、剣と魔法の世界だ」

しかもファンタジー風の世界ときた。

確かにここ数年、そういうのは小説や漫画でよく見かけるが……まさか現実に起ころうとは。

「少し待ってろ。ステータスを調整するからな」

ルシファーはそう言うと、どこからともなく二つの半透明の画面を出現させた。

片方はパワポみたいな画面で、もう片方はゲームのキャラクリエイトみたいな画面だ。

画面の文字はおそらく神の言語で書かれているのだろう、全く読めないが、何をやっているのかはだいたい想像がつく。

「前世で○点徳を積んだのでステータスを△△上昇」などと、マニュアルに沿ってオーダーを投入でもしているのだろう。

「よし……できた」

しばらく画面操作を続けたあと、ルシファーは満足げにそう呟《つぶや》いた。

「あとはこれを……」

それから彼は、どこからともなくビッシリと読めない文字の書かれた羊皮紙を生成する。

「その紙は？」

「文書回覧だ。今から上長に承認をもらいに行ってくる。承認が下りれば、晴れてお前は転生だ」

ルシファーはそう答えると、指をパチンと鳴らして姿を消してしまった。

文書回覧て。

部署名があるくらいだからまさかとは思ったが、本当に上位神のダブルチェックがあるとは……。

体感にして数分待っていると、再びルシファーが姿を現した。

が……なぜか彼は浮かない表情で、再び半透明の画面を出現させ、いじり始めた。

文書回覧、通らなかったのだろうか。

「ラファエルさん……ラファエルさんっと……あっ、そうだった」

ぶつぶつと呟きながら、カレンダーのような画面を表示させたところで、彼は何やら合点がいったようだ。

「どうしたんですか？」

「いや、すまないな。完全に忘れていたよ」

照れ笑いをしながら、彼はことの顛末《てんまつ》をこう説明しだした。

「俺の上長、特別連続休暇を取得してたんだった。どうりでどこを探してもいないわけだ」

特　別　連　続　休　暇。

何だそのホワイトそうな言葉の響きは。

そんなんがあるなら俺、異世界じゃなくて神に転生したいぞ……。

しかし……そうなると、いつまで俺はこの空間に居続けなくちゃならないんだろうな。

「その休暇ってあと何日続くんですか？」

「今日を入れて二日だ」

と、ルシファーは言うが、問題は神にとっての二日が人間換算で何日になるかだ。

人間換算で二年間ここにいろとか言われたらやだなあ。

「全く、面倒なタイミングで死んでくれたもんだ」

ルシファーはそう言って、深くため息をついた。

何で俺が悪いみたいに言われなくちゃならないんだ。

「……仕方がない」

かと思うと、ルシファーは意を決したようにそう言って……なんと、文書回覧の羊皮紙を燃やしてしまった。

「ちょ、な、何してるんですか⁉」

「お前を待たせすぎるのも悪いからな。今回は特別に、承認フローをスキップしてお前を異世界に送るとしよう」

びっくりして尋ねてみると、彼はとんでもないことを言い出した。

いや、それはダメだろ。

二者チェックのスキップとか、禁忌中の禁忌もいいとこだぞ。

俺も証券会社で働いている時、一回それでやらかしたことがある。

先輩の仕事が忙しい時に、複数銘柄への指値注文の一括登録の仕事を先輩の代わりにやったことがあるのだが……その仕事は本来実際の入札前に上長を呼んでチェックしてもらってから入札するところ、上長がフロアに見当たらなかったので呼ばずにポチったのだ。

それが最悪の出来事の始まりだった。

実は俺は入札したうちの二つの銘柄の指値を逆にしてしまっていて、死ぬほど安く株を買いたたかれてしまったのだ。

あまり大きな取引ではなかったため損失は十数万円で済んだものの、あの時は俺も先輩も始末書を書く羽目になってしまった。

以来何度あの日のことが夢に出てきたことか。

そんなトラウマを抱えている俺からすれば、色々と不安でしかないのだが……。

「い、いえ大丈夫ですよ！　神の二日が人間の何日相当かは知りませんけど、長くなりすぎないなら全然待ちますから！」

「何だ、俺のステータス調整が信用できないのか？」

待つと伝えてみるも、ルシファーからはそんな不機嫌そうな返事が。

神様にそんな言い方されると言い返し辛いな……。

「では、転送」

どうしようか迷っている間にも、彼はそう言って転送実行ボタンを押してしまった。

その瞬間、俺の意識は途切れた。

◇

「ふぅ〜。　これで一件落着」

裕樹を転送したあと。

自分一人しかいなくなった魂転送部屋で、ルシファーは大きく伸びをしながらそう口にした。

「俺も取りてえなあ……休暇……」

彼はそう呟きつつ、自身の休暇残日数を確認する。

「何かの間違いで復活……は、してないか」

画面にデカデカと映し出された「0」の文字を眺めながら、彼は残念そうにため息をついた。

何を隠そう。

この男——有給の取得が、あまり計画的ではない。

神の暦上、新年度は始まったばかりだというのに、彼は既に有給を使い果たしてしまっていたのだ。

「ちょっとくらいオマケしてくれてもいいだろ、情シスさ〜ん」

冗談を口にしながら、彼は休暇残日数の画面を閉じた。

それに伴い、彼の目の前には閉じ忘れていた裕樹のステータス調整画面が現れる。

その画面も立て続けに閉じようとした彼だったが……×ボタンを押す直前のこと。

ステータスの一部分を見て、彼は目を疑った。

「って……え、え⁉」

何かの見間違いかと思い、彼は目をこすっては画面を見てを繰り返す。

しかし、何度見ても表示内容は変わらず、次第に彼は青ざめ始めていった。

「あ……あ……ヤバい……」

画面に表示されている、彼をここまで慌てふためかせているもの。

それは――ステータスのうちの二か所、「魔力量」と「獲得経験値」の入力ミスだった。

一桁間違えただけでも、とても生きてはいけない貧弱な個体になったり常軌を逸した最強生物になったりするくらい、ステータスの設定ミスは重大な影響を及ぼすものだ。

しかし彼のミスは、そんなレベルですらなく……コンマと小数点のピリオドを打ち間違えたことで、それら二つのステータスを本来の値の千倍にしてしまっていた。

「ど、どうしよ……どうしよ……」

とても存在してはいけないレベルの規格外の生物が爆誕してしまうことは、もはや確定事項となってしまっていた。

一度ステータスを確定して転送を実行してしまうと、その生物が死んで魂が神界に帰ってくるまで神側でステータスをいじる手段は一切存在しないのだ。

しかも彼は、この重大なミスの裏でもう一つ、このミスに比べれば些細ながらこれまたとんでもないミスを犯していることに気付いていなかった。

それは、記憶初期化処理のことも完全に忘れていることだ。

通常、死んだ魂の生物が異世界に転送される際には、前世の記憶を消去して送り出されることになる。

しかし裕樹は、地球人・結城　裕樹としての記憶を完全に保持したまま異世界に旅立ってしまった。

もちろん、こちらも来世で裕樹が死ぬまで神の側でいじる手段はない。

「お……終わっ……た……」

ルシファーは頭が真っ白になり、その場で膝から崩れ落ちてしまった。

この時、彼はまだ知らなかった。

この一件が理由で、彼が堕天させられてしまうこと。

そして、文書回覧が転生システムに組み込まれ、上位神の承認なしには魂の転送を実行できないよう仕様変更がなされることを。

第一章　ユーキ、錬金術師になる

再び目を覚ました時、俺はなぜか森の中にいた。

体を起こしつつ、一旦俺はこれまでの出来事を頭の中で整理することに。

えっと確か……俺は交通事故で死んで、ルシファーとかいう男に魂の再設定をされて今に至るんだよな。

そしてここは、端的に言えば剣と魔法の世界だったっけか。

ってことは。

「ステータスオープン」

ものは試しで、俺はそう唱えてみた。

剣と魔法の世界だからといって、必ずしもここはゲーム風の異世界だという保証はない。

しかしルシファーがいじってた画面から察するに、その確率はゼロとも言い切れない。

であれば、一応言うだけ言ってみる価値はあるんじゃないか。

そう思ってのことだ。

すると——これが正解だった。

結城　裕樹
HP：100／100
MP：12000／12000
ジョブ：未定
物攻：5
物防：5
魔攻：5
魔防：5
才能：100000
特記事項：なし

ルシファーがいじっていた画面に比べればだいぶ簡素ではあるが、確かに半透明の画面が出現したのだ。

ルシファーが設定した全ての項目とまではいかずとも、いくつかの主要なパラメータについては自分で随時確認可能なようだ。

それぞれの項目が意味するところは……何かしらのRPGをプレイしたことのある現代人で

あれば、だいたい察せるものばかりだな。

なんかMPと才能の値がおかしい気もしなくはないが、今のところは気にしないのが吉だろう。

この世界では「一発の魔法でMPを３０００消費する」とかいうレートなのかもしれないし、だとしたら別に数値がデカいからって異常な値だとは断定できないからな。

そんなことより、だ。

問題は、俺、ここからどうすればいいんだろうな……。

ずっと日本で生きてきた俺にはサバイバル経験など皆無なので、ずっと森の中で生きていくなどということは到底できない。

「ホモサピエンス担当」の神によってこの世界に送り込まれた以上は、この世界にも人間は存在するはずなので、まずは人里に出たいところだが。

いったいどちらに進めばいいのかさっぱりだな……。

と言っても、四の五の言ってないでとにかく歩き続けてみるしかないわけだが。

とりあえず、俺は太陽の方角に向かって進んでみることにした。

森の中では、まっすぐ進んでいるつもりでも障害物を避けているうちに進行方向が変わり、最悪同じ箇所をグルグルしてしまう……なんて話も聞いたことがあるからな。

何かしら一個絶対的な指標を決め、それに向かって歩けばそのリスクを減らせるんじゃないか。

そんな考えから、とりあえず一番分かりやすい指標として太陽を選んだってわけだ。

しかし……しばらく進んだところで、俺はふと立ち止まった。

短時間で森から出られればいいが、この方針だと時間が経つにつれて西へと進行方向がズレてしまわないか？

やっぱり、もっと別の目印を考えたほうがいいんじゃなかろうか。

しばらく考えを巡らせていると……突如として、近くから叫び声が聞こえてきた。

「ギィアーーーーーー」

まるで黒板を爪で引っ掻《か》いた時のような、甲高く不快な声が森の中で響き渡ったのだ。

何だこれ。全然思考に集中できないぞ……。

しかたがないので、まずは一旦考えるのをやめ、声の方からどうにかすることに決めた。

幸いにも音の発生源はすぐそこにあり、数メートル歩くだけで発生源に辿り着くことができた。

そこで鳴いていたのは——たまにＳＮＳでバズる「足を組んでいるように見える大根」とかにそっくりの形状の、顔のついた植物だった。

植物が鳴いているとは。

流石《さすが》は剣と魔法の世界だ。

とりあえず泣き止んでもらわないことには始まらないと思い、俺はその植物を引っこ抜き、口を手で覆った。

それでもしばらくは鳴き続けていたが、抜いてから三十秒ほど経過すると、力尽きたのかパタリと鳴き声が止んだ。

「ふぅ～」

これで耳障りなのが消えたぞ。

イライラさせられることなく思考できるようになったので、再び俺はどのように進行方向を決めるかについて考え始めた。

が、これといっていい手も思い浮かばないので……とりあえずは短時間で森から出られることに期待して、三十分くらいはやっぱり太陽を指標に歩いてみることに。

その選択が正解だったことは――十分くらいで判明した。

森の外とはいかずとも、森の中を突っ切る明らかに人工物と思われる道に出ることができたのだ。

あとは道なりに進めば、いつかはどこかの街にでも到着することができるだろう。

「助かった……」

安堵《あんど》しつつ、俺は道なりに進み始めた。

ちなみにどっち方向に行くかは、完全に勘だ。

三十分ほど歩いたところで……俺は不思議な光景を目にし、一旦歩みを止めた。

目の前にいるのは、しゃがんだままじっとしている少女。

この世界に来て初めての、人との遭遇だ。

普通なら、助けを求めるために真っ先に話しかけるべき状況だが……俺はそれができずにいた。

というのも、その少女。

どういうわけか、目の前にある二本のキノコをひたすら集中して眺めているのだ。

邪魔したら悪いだろうか。

しかし、これをスルーしたらまたしばらく未知の世界を一人で彷徨《さまよ》うことになるぞ。

話しかけるべきかスルーすべきか判断がつかず、俺はしばらくの間立ち止まってしまった。

すると、そんな中。

人の気配でも感じたのだろうか、ふと少女が顔を上げ、周囲をキョロキョロと見渡し始めた。

程なくして少女は俺と視線が合い……そして、その視線は俺の右手のあたりへと向かった。

かと思うと。

「え、ま、マンドラゴラ⁉」

彼女は目を丸くして、俺の方を指差しながらそう叫んだ。

ま……マンドラゴラ？

何のこっちゃと思って自分の右手を見てみると、俺は不快な声の植物を持ったままだった。

どうやら引っこ抜いたまま手から離さずここまで持ち歩いてしまっていたようだ。

あの不快な声の植物、マンドラゴラっていうのか。

マンドラゴラといえば、確かに泣き叫ぶ植物の代表といっても差し支えない植物ではあるが、まさかこれがそうだとは思わなかったな。

たいていのファンタジー系の小説とかゲームでは、マンドラゴラは声を聞くだけで死んだり気絶したりする恐ろしい植物なのだが、コイツはせいぜい声が不快って程度だったし。

もしかして……あの少女の見間違えか？

「これはマンドラゴラではないのでは」

とりあえず、俺は手に持っている植物を近くで少女に見せてみることにした。

「いえいえ、これは誰がどう見てもマンドラゴラですよ！」

……どうやら見間違えではないようだ。

とすれば、この世界ではマンドラゴラってそこまで危険な植物ではないのだろうか？

「いったいどうやってこんな代物を採ったんですか……？」

考察していると、少女はおそるおそるそんな質問を飛ばしてきた。

「普通に引っこ抜いて、口を覆っただけですが。しばらくすると鳴き止みました」

俺はありのままの出来事を答えた。

「それってつまり、マンドラゴラの奇声に素で耐えながら収穫したってことですか⁉　全然普通じゃないじゃないですか！」

するると、なぜか少女からは威勢のいいツッコミが入った。

「奇声って……あの黒板を引っ掻くような鳴き声のことですか？」

「黒板を引っ掻くような鳴き声って……普通、そんなもんじゃ済まないんですけどね。あの声を聞いていて何ともなかったんですか？」

「ちょっとイライラはしましたね。まあそれが嫌で引っこ抜いたんですが」

「ちょっとイライラ、ですか。あの声は大賢者クラスの人が聞いても数日は精神に結構なダメージを負うはずなんですがね。いったいどんだけ膨大な魔力をお持ちなんですか……」

少女は呆れたようにため息をついた。

膨大な……魔力？

その言い方だと、マンドラゴラの鳴き声への耐性は魔力量に比例する感じなのか。

思い当たる節は……ありまくりだな。

やっぱルシファーの奴、設定ミスしてんじゃないか。

俺的にはありがたいが、アイツあとから詰められないか心配だな。

ま、俺はちゃんと文書回覧をスキップしないよう進言したんだし、特に俺が罪悪感を持つ必要はないと思うが。

しかし……大賢者クラスの人でも数日精神がおかしくなる鳴き声って。

そんな危険なもん、みんなどう扱ってるんだ？

「マンドラゴラって普通はどうやって採るんですか？」

気になったので、俺はそう質問してみた。

「普通は特殊な材質で作った専用の耳栓を装着して採取しに行きますね。というかその質問をするってことは、耳栓の存在すら知らずにマンドラゴラに挑まれたんですか……」

別に挑んだわけではないが。

たまたまエンカウントして、声が不快だったから引っこ抜いただけだし。

「……あ！」

数秒の沈黙のあと、少女は何かを思い出したかのように手をポンと叩いた。

「てか、そんなことより。差し支えなければ、こちらのキノコに手をかざしていただけませんか？」

少女はそう続け、先ほどまで眺めていた二本隣り合って生えているキノコを指差した。

手を……かざす？　……キノコに？

「構いませんが……なぜ？」

意図が分からなかったので、俺はそう聞き返してみた。

するると、こんな説明が返ってきた。

「このキノコはフタゴダケといいまして……二つのそっくりな子実体が並んで生えるキノコなんです。見た目はそっくりなんですが、片方が有益な薬になる半面、もう片方は強力な呪詛を持っているという恐ろしいキノコでして。どちらを収穫すべきか判断がつきかねていたんです」

「ほ、ほう」

「ですが……このキノコには一つだけ、簡単な判別法がありまして」

「簡単な判別法？」

「このキノコ、強烈な魔力に晒《さら》されると薬になるほうだけが輝くんです。マンドラゴラの奇声に素で耐えるほどの膨大な魔力量をお持ちなら絶対輝かせられるはずなんで、キノコに近づいてもらっていいですか？」

なるほど、そういう理屈か。

それなら協力しない理由はないな。

ただそれはそれとして、興味本位で一つ聞いてみたいことがある。

「ちなみに間違って呪詛の方を抜いたらどうなるんだ？」

「抜いたら……というか触れた瞬間からもう呪いが発動しますね。呪われると、ナイフで目をえぐられるような頭痛が一生続くのだとか。呪詛自体に致死性はないんですが、この痛みはどんなポーションや治癒魔法でも軽減すらできないので、かかったら九十九パーセントの人が三週間以内に自殺すると言われています」

聞いてみると、恐ろしい答えが返ってきた。

何だそれ。群発頭痛が一生続くってか？

そんなもん、ますます魔力に晒して判別しない限り抜いちゃダメなやつじゃないか……。

早速キノコに近づき、手をかざしてみると、右側の子実体だけが野球場のナイター照明のように明るく輝いた。

「「まぶしっ！」」

あまりの光量に、俺たちはそんな言葉をハモらせてしまう。

「あ……ありがとうございます。助かりました」

発光が落ち着いてくると、少女はそう言いながら光った方のキノコを収穫した。

「あんなに眩しく光るなら事前に言っておいてくださいよ……」

「す、すみません。フタゴダケ、晒される魔力が強力であればあるほど強く光るんですが……ここまでの明るさになるのは想定外でした」

あの眩しさも俺が原因かよ。

マンドラゴラの収穫に耳栓がいらない代わりに、フタゴダケの収穫にサングラスが要りそうなんじゃ一長一短だな。

「いやあ、まさかこんな貴重なキノコが収穫できるとは、あなたに会えてラッキーでした」

「そんなに珍しいキノコなんですか？」

「生えている数で言えば、せいぜい『ちょっとレア』ってくらいですね。ただ、収穫できる人間が限られているので、薬用フタゴダケが納品されることは滅多にないんです」

「なるほど」

「まあ、収穫できる人間が限られるとは言っても、それはあくまで『確実に薬の方を収穫できる人が』って意味ですけどね。かなり高額で売れるので、お金に困った冒険者とかが一か八か当たりを引きに行くってケースも年一件くらいはあるんですよ？」

それはアカンだろ。

たまたまビギナーズラックで薬の方を収穫できたとしても、味を占めて何回も収穫を試みて、どこかで呪詛を引いてしまうやつじゃないか。

この世界のギャンブルの恐ろしさ、パチスロとかの比じゃないな……。

「あの……今更で恐縮ですけど、お名前を教えていただいても？」

そんなことを考えていると、少女が名前を尋ねてきた。

「結城　裕樹です」

「苗字と名前が……。貴族の方とかでいらっしゃいますか？」

答えると、想定していない角度から身分を推測されてしまった。

「き、貴族……？　いや、全く違いますが」

「え、そうなんですか？　喋り方も高貴な感じがしますし、てっきり位のお高い方かと」

喋り方か高貴……だと？

まさか。

「全然そんなことはないんだがな。あと俺の名前はユーキだ。二回繰り返しただけで、苗字と名前に分かれてなどいない」

俺はずっと日本語で会話してるつもりだったが、冷静に考えてここは異世界なのだからそんなはずはない。

おそらくは、ステータスに表示されてない自動翻訳のパッシブスキルか何かがあることで、俺たちは普通に会話できているのだろう。

だとすれば、俺の敬語が高貴な喋り方とやらに変換されている可能性がある。

そんな仮説を立てた俺は、敢えてタメ口で話してみた。

あと名前については、たまたま俺は苗字と名前が同じ読みなのでワンチャンこれで誤魔化せるだろう。

「あれ……高貴な喋り方、じゃなくなりましたね」

「すまないな。この言語を喋るのは久しぶりだから、教科書通りの口調だと口語体じゃないのを忘れていた」

あと適当に、そんな言い訳も付け足してみた。

「外国の方でしたか！　それなら納得です！」

どうやら誤魔化しは上手くいったようだ。

この調子なら、今後は基本誰と話す時もタメ口で、自己紹介もフルネームではなく「ユーキ」とだけ言うのが吉っぽいな。

「君は？」

「私はクロシィといいます！　本業は錬金術ギルドの職員なんですが、週末にはこうして副業で冒険者もやってるって感じです」

自分だけ答えておいて相手の名前を聞かないのもアレなので聞いてみると、少女はそう答えた。

副業、ねえ……。

そういえば、同期のアイツもちょこっとだけやってるとか言ってたってか。

「給料には満足してるけど、彼女に頼まれて妹の家庭教師を……」だっけチクショウ。何だアイツ。

まあ、今さらそんなことを考えるのはやめよう。

せっかく魔力量はおまけしてもらったんだし、少しは未来を向かないとな。

「ユーキさんはどのようなお仕事を？」

俺？

えーと、なんて答えよう。

転生した以上はもう証券マンじゃないし、そもそも「証券マン」なんて言って通じるわけもないよな。

かといって、ニートだと誤解されるのも癪《しゃく》だ。

「投資家を……やってた的な……？」

うん、こんな感じでアバウトに答えとこう。

多分この世界でこう答えたら、どこぞの華麗なる一族の出だと思われそうだが、ニートだと思われるよりはまだマシだ。

「そ、そうなんですか！　ってことは、実は結構お金持ちだったり……？」

「それが……今は一文なしでな」

「そ、それは……大変なご災難でしたね。心中お察し申し上げます」

……よし、いい方向に誤解してくれたぞ。

多分、前世の世界のユダヤ人が昔そうだったように、この世界でも投資を営む人は迫害を受けることがあるのだろう。

そういう経緯だとミスリードして上手く辻褄を合わせられないかと思ったが、上手くいったようだ。

「でも、ユーキさんなら大丈夫ですよ！　それだけの魔力量があれば、絶対冒険者として大成功できますって！」

「うーん……」

冒険者、ねえ。

間違いなく男のロマンではあるのだが、いざ自分がなるって考えるとやっぱちょっと物騒に感じるなあ。

「正直、もう少し平和にまったり生きていきたいんだが……」

何か別の案がないかと思い、俺はそう口にしてみた。

すると、こんな提案が返ってきた。

「であれば、弊ギルドに登録して錬金術師になるのはいかがですか？　冒険者ほどではなくとも、錬金術師も割と魔力量がモノを言う職業ですし。安心安全に、手堅くご活躍できると思います！」

それだよ、それそれ。

そういうのを求めていた。

「最高だな。ぜひそうさせてほしい」

「では、街に行きましょっか！　今日は休日なのでギルドへの登録は明日以降になりますが、フタゴダケのお礼に夕飯と宿代くらいはおごりますから！」

「ああ、ありがとう」

こうして俺たちは、クロシィが住む街に向かうこととなった。

森に放り出された時はどうなるかと思ったが、ひとまず一件落着だな。


次の日。

朝起きると、早速俺は錬金術師登録をしにギルドに向かった。

昨日クロシィからもらった地図を頼りに、錬金術ギルドの建物へ向かう。

あまり迷うことなく、俺は「錬金術ギルド　ラジアン支部」という看板のかかった建物に到着できた。

ちなみにラジアンというのは、この街の名前だ。

「ユーキさん、待ってました！」

建物に入ると、受付に向かうより前にクロシィが俺に気付き、話しかけてきた。

「登録手続きはこちらです！」

クロシィに案内されるがままに、俺はカウンターへと向かう。

「まずはこちらにご記入ください」

そう言って渡されたのは、一枚の紙と万年筆だった。

紙のほうは、登録に必要な情報を記入するための書類のようだ。

いろいろと記入できる項目はあるのだが、必須となっているのは名前と年齢のみ。

住所とかが必須になってなくて何よりだ。

もしそうだったら、登録の段階で躓《つまず》くことになってしまっていたからな。

年齢は……二十四でいいか。

転生したとはいえ、大人の状態でこの世界に転送されたしな。

厳密には0歳が正しいのかもしれないが、おそらく馬鹿正直に書いても信じてくれないだろうし、ここは前世の生きた年数もカウントしておくのが吉だろう。

とりあえず最低限、必須の項目だけ入力すると、俺は紙と万年筆をクロシィに返した。

「ありがとうございます」

クロシィは紙を受け取ると、ざっと目を通したあと、職員記入欄に何やら書き始めた。

その間、建物内の様子を何の気なしに眺めていると……一つ、気になるものが目に入った。

「新規登録の方は、登録料二千スフィアをいただきます」という注意書きだ。

スフィアというのはこの世界の通貨単位であり、昨日クロシィと話していた感じからするに、レートはだいたい一スフィア＝一円。

つまり大して高くはないのだが……問題は、今俺は一スフィアたりともこの世界のお金を持っていないんだよな。

どうしよう。

「あの、登録料は……」

心配になって、俺はクロシィにそう尋ねた。

するとクロシィは、得意げにこんなことを言いだした。

「ああ、それならユーキさんの場合、気にしなくていいですよ」

「……え？」

「弊ギルドには、ギルド職員の権限で月一人まで登録料を免除できる、推薦制度というものがあるんです。ユーキさんは私が推薦しますので、安心して登録手続きを進めて大丈夫です」

なんと、特例があったようだ。

ありがたいが……なんか悪いな。

「本当にいいのか？」

「当たり前じゃないですか！　この権限をユーキさんに使わずして、いったい誰に使うというのですか！」

どうやらクロシィは、かなり俺のことを買ってくれてるみたいだった。

「じゃ、ちょっと待っててくださいね……」

クロシィはそう言い残し、奥の部屋に行ってしまった。

何かと思っていると、しばらくしてクロシィは占いの水晶みたいな見た目のアイテムを抱えて戻ってきた。

「それはいったい？」

「ジョブ登録装置です。錬金術師のような魔法系の職業の場合、最初にこういった装置で登録を行うことで初期スキルが手に入るんです」

聞いてみると、クロシィは水晶型のアイテムについてそう説明してくれた。

登録……ってことは、これで正式にステータスのジョブ欄が「未定」から「錬金術師」へと変わるわけか。

結構かっちりした仕組みになってるんだな。

「では、こちらに手をかざしてください。そしたら私が装置を起動しますので」

「……これは眩しく光ったりしないよな？」

「その点はご安心ください。登録の瞬間に一瞬光りはしますが、登録者の魔力量によって明るさが変わったりはしませんので！」

手をかざすと聞いてフタゴダケの件が頭をよぎったが、どうやら杞憂だったようだ。

説明の通り、俺は水晶に手をかざした。

クロシィが台座についているボタンを押すと……水晶は家庭用の白熱電球程度の明るさでピカリと光った。

直後――脳内に、アナウンスが響いた。

〈ジョブ：「錬金術師」を獲得しました。現在のジョブレベルは1です〉

〈ジョブ獲得に伴い、初期スキル「錬成――体力回復（微）」を獲得しました〉

「わおっ！」

そんなシステムだとは思っていなかったので、思わず俺は驚いて声を出してしまった。

「……どうされました？」

「いや、何も」

最初はびっくりしてしまったが、ゲームのシステムサウンドみたいなものだと思えばすぐに慣れるだろう。

そんなことより、アナウンス通りにステータスが変わっているか、早速確認だ。

「ステータスオープン」

結城　裕樹
ＨＰ：１００／１００
ＭＰ：１２０００／１２０００
ジョブ：錬金術師（Ｌｖ：１）
物攻：５
物防：５
魔攻：６

魔防：7
才能：100000
スキル：錬成――体力回復（微）
特記事項：なし

開いてみると、ちゃんとジョブとスキルが獲得できていることを確認できた。

あと、申し訳程度に魔攻と魔防も上がっていた。

確か最初に見た時は全部5だったはずだが……これはジョブ補正的なやつか？

だとしたら、ジョブレベルが上がれば更に上がっていくのだろうか。

「ステ……何をおっしゃいました？」

ステータスについて考察していると、クロシィが不思議そうにそう尋ねてきた。

「何って……ステータス画面を開いて、ジョブとスキルの獲得を確認したんだが」

「……へ？」

何を不思議がっているのだろうと思い、説明すると……クロシィの目が点になった。

「……何の話ですか？」

……あれ。

もしかしてこれ――ステータスが画面上で確認できるのって、転生者固有だったか。

やっちまったな。クロシィにしか聞かれていないのが不幸中の幸いだが。

「そういうスキルがあるんだ。……血筋でな」

とりあえず、この場はそんな感じで誤魔化すことにした。

今後はステータスオープンは人前で見せないように気を付けないといけなさそうだな。

「へえ、それは便利ですね！」

クロシィも無事納得してくれた。

「では、これで登録作業は以上となります。何かご質問等はございませんか？」

「そうだな……」

質問がないかと言われても、正直まだ何も知らなさすぎて、自分が何を分かってないのかが分からないような状態なんだよな。

なんて聞けばいいだろう。

……とりあえず、目先のタスクだけはっきりさせとくか。

「駆け出しの錬金術師って、何から始めればいいんだ？」

「そうですね。基本的には、始めたての錬金術師はスキルが一つしかないので、それで何回も調薬して下積みをしていくことになりますが……」

まあ、それはそうか。

他に選択肢がないもんな。

「初心者錬金術師がどんなステップを踏んで成長するのか知りたいということでしたら、いい資料がございます！　こちらに来てください」

クロシィはカウンターから出てくると、どこへやら歩いて向かいだした。

向かった先にあったのは、俺の身長くらいの高さがある本棚。

「こちらにある本は、弊ギルド登録の錬金術師であればご自由にお借りいただけるものなのですが……最初に読むなら、こちらの便覧がおすすめです！　習得難易度順にポーションのレシピが並んでいるので、ページ順に練習するだけで確実にステップアップできます！」

クロシィはそこから一冊の本を手に取りつつ、そう説明してくれた。

それはありがたい。

「じゃあ、それを貸してくれ」

「かしこまりました！　それではこちらの管理表に名前と日付の記入だけお願いします」

そう言ってクロシィが棚の横にかかった紙を指したので、俺はその紙に名前と日付を記入した。

「難易度順とは言っても、二ページ目のポーション作成に必要なスキルを習得するまで平均二週間はかかりますからね。ユーキさんなら三日くらいでできちゃうかもしれませんが、気長にやるといいと思います！」

クロシィはそう言って、新スキル獲得日数の相場まで教えてくれた。

それを言っといてくれると焦らないで済むのでありがたい。

実際三日なんかでいけるかは別としてな。

「では、これを！」

管理表への記入が終わると、クロシィが本を手渡してくれたので、とりあえずザッと中を見てみることにした。

ふむふむ……初期スキルで作れるポーションは「プチヒールポーション」ってやつか。

その次は「プチエイドポーション」で、錬成に必要なスキルは「錬成――外傷治癒（微）」と。

更に何ページかめくると……お、今度は「マイルドヒールポーション」ってのが出てきたぞ。

これに必要なスキルは「錬成――体力回復（弱）」って奴なんだな。

だんだん法則性が分かってきたぞ。

出来上がったポーションの「プチ」とか「マイルド」とかは、錬成スキルの「微」「弱」などと対応しているようだ。

錬成スキルの方が「微」「弱」「中」「強」「超級」「特級」「究極」の7段階で、対応するポーションの方は「プチ」「マイルド」「メガ」「ギガ」「エクストラ」「ウルトラ」の6段階――あれ、一個足りないぞ。

と思ったが、よく見てみたら「中」の錬成スキルを使うポーションには先頭につくものが何もないので、やはり一対一対応で合ってるみたいだな。

ポーションの種類は体力回復（ヒールポーション）、外傷治癒（エイドポーション）、解毒（キュアポイズン）、ステータス一時上昇系（エンハンスポーション）、魔力回復（マナゲインポーション）などがある感じか。

透明化（インビジブルポーション）みたいに、プチとかマイルドとかの段階がないものも存在するようだ。

まあ、先々のことは一旦置いとくとして……。

「このプチヒールポーションってのも、作ったら売れるのか？　売れるとしたら何スフィアくらいだ？」

「もちろん売れますよ！　まあ、一本百スフィアくらいにしかなりませんが……」

どうやら、早速今日から稼ぐことはできるようだ。

「他のスキルを覚えるために避けては通れないが、実用には効果が低すぎるので売れない」みたいな下積み用ポーションである線も考えたが、それは杞憂だったようだ。

とはいえ一本百スフィアでは、一日頑張って今日の宿代が稼げるかも怪しいレベルだが。

まあ最悪、素材としてマンドラゴラを売るって選択肢もあるので、一応お金に困ることはないがな。

それでも今後錬金術師としてやっていくことを思えば、貴重な素材は自分で使うために取っときたい。

なので、できればポーション売却だけで宿代を稼ぎきりたいところだ。

「プチヒールポーションに必要な薬草でしたら、街の外の草原でいくらでも採れますから、材料費もかかりませんよ。似ている毒草もないので、安心して薬草採取とポーション作りに励んでください！」

「了解した」

似てる毒草がないってのはありがたいな。

全ての毒を持つ植物がフタゴダケみたいに魔力で光ってくれれば話が早いのだが、流石にそんな都合のいい話はないだろうし。

……あ、でもちょっと待てよ。

「そういえば、器具とかはどうすればいい？　フラスコとかそういうの、何も持ってないんだが……」

ふと器具のことが頭から抜けていたのを思い出して、俺はそう尋ねた。

……が。

「あ、確かにユーキさんの場合、それも必要でしたね。……でもご安心ください！　推薦者の場合、特殊なものでなければ器具は無料で借りられますから！」

「おお、マジか」

その不安も、秒で吹き飛んだ。

推薦、本当に至れり尽くせりな制度なんだな。

「用意しますので、少し待っててください！」

そう言って、クロシィは再びカウンターの奥の部屋に入っていった。

その後は、戻ってきたクロシィから器具を受け取り、俺はギルドをあとにした。

果たして、俺は今日マンドラゴラを売らずに済むのか。

無茶はしないつもりだが、精一杯やれるだけのことはやってみるぞ。

第二章　ユーキ、錬金術師の才能を開花させる

街の外の草原に到着すると、早速俺はプチヒールポーションに必要な薬草の採取にとりかかった。

便覧のイラストを頼りに、似た特徴を持つ植物を探していく。

目当ての植物は、ものの五分もしないうちに見つかった。

便覧曰く、根を残しておけばすぐまた生えてきてくれるらしいので、地上に出ている部分のみをちぎる。

プチヒールポーションの材料はこの薬草と水だけであり、水に関してはあらかじめ街の井戸で汲《く》んできているので、一本分の材料はこれで調達完了だ。

登録の時から早くスキルを使ってみたいとずっと思ってたし、とりあえず一回調薬してみよう。

収穫したものをすり鉢に入れ、ペースト状になるまですり潰す。

それから、できたペーストと水をフラスコに移した。

そしたら仕上げに、フラスコを振って中身をよく混ぜ合わせ――。

「錬成――体力回復（微）」

俺はそう唱え、スキルを発動した。

すると、それまで緑色だった液がみるみるうちに青色に変色した。

便覧のイラストと照らし合わせてみても、この色に変化すれば確かに錬金成功だ。

「おお……」

実際にこうして能動的に魔法現象を起こしてみると、何というか「本当に異世界に来たんだ」という実感が今まで以上に強くなるな。

お試しはバッチリ上手くいったし、これからはまずしばらく薬草採取に専念して、あとで一気に錬金するって流れでいこう。

俺は次の薬草探しに移ろうとした。

が——その時。脳内に、思わぬアナウンスが鳴り響いた。

〈ジョブレベルが2に上がりました。新スキル「錬成——外傷治癒（微）」が解放されました〉

「……は？」

予想だにしなかった出来事に、思わず俺は思ったことが声に出てしまった。

え、今「新スキル」って言った？

平均二週間、クロシィの予想でも最短三日はかかると言われていた新スキルを、たった一回の錬金で獲得してしまった……？

いや、流石に聞き間違えじゃないか。

「ステータスオープン」

半信半疑ながら、俺は現在のステータスを確認してみた。

結城　裕樹
HP：105／105
MP：11990／12010
ジョブ：錬金術師（Lv：2）
物攻：5
物防：5
魔攻：7
魔防：9
才能：100000
スキル：錬成――体力回復（微）
　　　　錬成――外傷治癒（微）
特記事項：なし

「……マジかよ」

さっきのアナウンスは、紛れもなく事実だった。

いったい何がどうなっているのやら。

……ま、予想外とは言ってもいい方になんだし、細かいことを気にするのはやめにしよう。

さて、問題はこれからどうするかだが……当面は新しいポーション作りに挑戦するというより、プチヒールポーション作りを継続する方針を選ぶか。

理由は一つ、今の俺に次のポーションの薬草を見分ける能力がないからだ。

クロシィ曰く、プチヒールポーションの材料に似た見た目の毒草はないとのことだったが、次の薬草もそうとは限らない。

知識が乏しい状態で知らない野草に手を出すのは危険なので、無難な選択でいった方がいいと思ったのだ。

あとそもそも、俺、次のポーションの薬草がどこで採れるかすら知らないしな。

それもここの草原で採れるならいいが、危険な魔物がいる区域にしか生えてないとかかもしれないわけだ。

もしそうだったら、そもそも「採りに行く」という選択肢が消える。

今は下積み期だからこうして採取から自分でやってるが、本来錬金術師は納品された薬草を調薬する職業らしい。

別のポーションの錬金に手を出すのは、そのフェーズに入ってからでも遅くはないだろう。

そうと決まれば、ひたすら薬草集めだ。

三十分くらいかけて、俺はプチヒールポーション用の草を更に七本集めた。

最初のレベルアップがたった一本で来た以上、次はどのくらいでレベルアップするか分からない。

そろそろまた調薬作業のほうに戻ってみるとするか。

一回分ずつペーストにするのも面倒なので、七回分の薬草全部をまとめてすり潰し、ペースト状になった物を七本のフラスコに均等に分ける。

水も全部のフラスコに同じ量入れていき、全部均質になるまで混ぜた。

ここまでくればあとは——。

「錬成——体力回復（微）」

「錬成——体力回復（微）……」

一個一個に、順番にスキルをかけていった。

すると、三個目に対してスキルを発動しようとしたところで。

〈ジョブレベルが3に上がりました。新スキル「錬成——解毒（微）」が解放されました〉

次のレベルアップがやってきた。

やっぱりどう考えてもおかしなペースだが、さっきのことがあったばかりなのでこれは想定の範囲内だ。

ステータスを確認するのはあとにして、まずは今あるフラスコ分全部の調薬を先に済ませるとしよう。


「錬成――体力回復（微）」

「錬成――体力回復（微）」

「錬成――体力回復（微）」

「錬成――体力回復（微）……」

〈ジョブレベルが4に上がりました。新スキル「錬成――物攻上昇（微）、物防上昇（微）」が解放されました〉


今度は更に四回スキルを発動すると、レベルが上がった。

今回はスキルが二つ一気に解放されるのか。


「錬成――体力回復（微）」

最後に残り一つの調薬を終えるも、今回は特にレベルアップとはならなかった。

これは憶測でしかないが、今までのレベルアップから察するに、「錬成――体力回復（微）」だけ使うと仮定すると、前回のレベルアップの二倍の回数で次のレベルアップができるって感じなのだろう。

とすると、レベル4からレベル5に上がるために必要な錬金回数は八回。

さっきレベル4になってから一回やったので、あと七本プチヒールポーションを作れば次のレベルアップができる計算になる。

……仮説が合ってるか、試してみるとするか。

また三十分ほどかけて七回分の薬草を集めると、俺はさっきまでの手順でプチヒールポーションの調薬作業を実施した。

すると――。

〈ジョブレベルが5に上がりました。新スキル「錬成――魔攻上昇（微）、魔防上昇（微）」が解放されました〉

「……確定だな」

仮説通り、七回目でピッタシ次のレベルへと上昇した。

となると……次は十六回でレベル6か。

なんか急に、次のレベルアップが遠くなったような感じがするな。

街に出る前までは、十六回程度じゃレベル2にすらなれない想定だったはずなのだが、人間の感覚とは不思議なものだ。

とはいえ、レベルアップ云々は置いとくとしても宿代のためにもう少しポーションを作る必要があるので、どっちみち頑張るだけの話だが。

俺はまた薬草採取に向けて動き出した。

マンネリ化により若干効率が落ち、一時間半くらいかかってはしまったが、とりあえず十六本分の薬草を調達することができた。

全部まとめてすり潰してフラスコに分けて注ぎ、水で割ってからスキルをかけていく。

「錬成——体力回復（微）」

「錬成——体力回復（微）」

「錬成——体力回復（微）……」

すると——五回スキルを発動したあとのこと。

〈錬金熟練度が基準値に到達しました。スキル「薬効進化」が解放されます〉

思わぬタイミングで、謎のアナウンスが流れた。

「うおっ！」

十六回目までは何も起こらないと思っていただけに、俺は驚いて声を出してしまった。

えーと……今回はレベルアップ、ではなかったよな。

にもかかわらず、なぜかスキルが覚醒したと。

契機は確か「熟練度」だったか。

同じポーションをひたすら作ってたせいだろうか？

そして今回のスキル、初めて「錬成——○○」という形式ではない名前だったな。

名前からするに、これは既存のポーションに対して使うスキルで、効果はポーションの効能を引き上げる……といったところだろうか。

「ステータスオープン」

確証はないが、ステータス画面に何か書いてあるかもしれないと思い、俺は一旦ステータスを開いてみることにした。

結城　裕樹
HP：120／120
MP：11668／12040
ジョブ：錬金術師（Lv：5）
物攻：5
物防：5
魔攻：10
魔防：15
才能：100000
スキル：錬成――体力回復（微）
錬成――外傷治癒（微）

錬成――解毒（微）
錬成――物攻上昇（微）、物防上昇（微）
錬成――魔攻上昇（微）、魔防上昇（微）
薬効進化

特記事項：なし

こういう画面って、タップしたら詳細が出たりとかしないだろうか。
試してみると、その予想は当たった。

●薬効進化
ポーションの効果を一段階引き上げるスキル。同一のポーションに対して一度までしか効果がない

ステータスウィンドウと同じ半透明の画面がポップアップし、詳細が見られるようになったのだ。

スキルの内容も概ね想像通りだった。

ポーションの効果を一段階引き上げるってのは、たとえばプチヒールポーションでいうとマイルドヒールポーションになる、みたいなことか。

そして「同一のポーションに対して一度までしか効果がない」、と。

まあそりゃそうだよな。

流石に「何回もかければプチヒールポーションが寿命延長ポーションになります」みたいな甘い話、あるはずないしな。

今のはあくまでたとえであって、この世界にそんなポーションが存在するのかどうかを知ってるわけではないが。

まあ制限があるとはいえ、役に立つスキルであることに変わりはないな。

俺は残りの十一本も調薬し、レベルを6に上げたあと、今日これまでに作った三十一本全てに対し、一本一本「薬効進化」をかけていった。

「薬効進化」は「錬成——体力回復（微）」よりも一回あたりの獲得経験値が多いのか、最終的に俺のレベルは9まで上がった。

さて、今はまだ昼過ぎだが……そろそろ飽きたし、今日はこの辺で切り上げるとするか。

ノルマに追われていた前世と違って、こっちでは自分のペースでまったりとやっていきたいからな。

お金の方も、プチヒールポーションは一本百スフィアと言われはしたが、おそらく薬効進化させたプチヒールポーションは通常のものより多少高く売れるはずだ。

それも加味すれば、何とか宿代には事足りるだろうしな。

今日はギルドに帰って清算だけして、続きは明日にすることにしよう。


錬金術ギルドに到着すると、クロシィがカウンターにいたので俺はそこに並んだ。

「あ、お疲れ様ですユーキさん」

「ああ、お疲れ様」

「どうでした、今日は？　順調にいきました？」

「ああ、これを」

俺はカウンターに三十一本の薬効進化済みヒールポーションを置いた。

すると……うち一本を手に取ったところで、クロシィの動きが固まった。

「……え、これって……」

どうやらクロシィは、即座にこれらが普通のプチヒールポーションではないことに気付いたようだ。

確かに「薬効進化」を発動した時、ポーションの青色が若干淡くなったような気がしたが……ギルド職員ともなると一目見ただけでそれが判別できるというのか。

「ちょっと、これマイルドヒールポーションじゃないですか！　もう九個もスキルを覚えられたんですか⁉」

どうやら薬効進化をかけると、プチヒールポーションはマイルドヒールポーションになるようだ。

しかし、「九個もスキルを覚えた」とはどういうことだろう。

確かに数多《あまた》のレベルアップに伴い、九個以上スキルを覚えはしたが……このポーションからは、そんなことは分からないはずなのだが。

これらには「錬成──体力回復（微）」と「薬効進化」の二つのスキルしか使っていないのだから。

「しかもこの数……マイルドヒールポーションの材料って、単独で半日で三十一本分も集めるなんて不可能なはずなのですが……」

不思議に思っていると、クロシィはそう続けて口にした。

そこで俺は初めて合点がいった。

クロシィは、俺がこれをマイルドヒールポーションの材料を集めて作ったと思ってるのか。

確かにレベル7になった時、俺は「錬成──体力回復（弱）」とかいうスキルを習得した。

名前的にも、マイルドヒールポーションを作るためのスキルと考えて間違いないだろう。

そして「単独で半日で三十一本分も集めるなんて不可能」という言い方から察するに、マイルドヒールポーションの材料は「そこまで希少ではないがプチヒールポーションの薬草よりかは見つかりにくい」くらいの立ち位置なんだろうな。

どうりで話が噛み合わないわけだ。

「材料自体は、プチヒールポーション用の薬草で作ったぞ。一旦プチヒールポーションを作った上で、薬効進化をかけて今の状態にしたんだ」

誤解を解くために、俺は今日やったことの経緯を説明した。

もし薬効進化版のプチヒールポーションとマイルドヒールポーションが厳密には違うものにもかかわらず、今回マイルドヒールポーションとして買い取ってもらったりして、あとで詐欺だなどとトラブルに発展しても困るからな。

すると……クロシィの目が点になった。

「や……薬効進化⁉」

そう言ったっきり、しばらくクロシィの視線が宙を泳ぐ。

「あの……薬効進化って、史上最高の天才と呼ばれるような人でも数年がかりで身に付けるようなスキルですよ……？　それをたった一日でって……」

どうやら薬効進化、そうとう習得しにくいスキルだったようだ。

「一人でマイルドヒールポーションの材料を三十一本分半日で集めるのと比べたら、どっちのほうが現実的なんだ？」

「どちらも現実的ではありませんが……強いて比較すれば、断然材料集めの方があり得ますね。

薬効進化の習得は、全然次元が違いますから」

そういう相場感なのか。

よく分かんないけど。

「あ、だからって疑ったりはしませんよ！　もともとマンドラゴラの叫び声に素で耐えたりとか、常軌を逸したところを知ってますからね」

少し間をおいてから、クロシィはそんなフォローを入れてきた。

まあ過程のほうは、正直どう捉えられようと構わないんだがな。

問題は結果の方だ。

「普通に材料を集めて作った場合と、プチヒールポーションを薬効進化させた場合とで何かポーション自体に違いってあるか？」

「いえ。それらは全く同一の物質といえます」

聞いてみたところ……とりあえず、懸念していた「製造過程の違いで品質や値段が変わる」といったことは起こらないことが判明した。

ならこれで安心してマイルドヒールポーションとして売れるな。

「これ、一本何スフィアで売れるんだ？」

「三百五十スフィアですね。今回は三十一本納品していただきましたので、合計一万八百五十スフィアとなります！」

宿代も心配ないようだ。

というか、ちょっといい部屋に泊まってもお釣りが来るレベルだな。

「安いと思われたかもしれませんが……それは今回、元がプチヒールポーションだったからなだけで。薬効進化とは、進化元のポーション次第では一回で七桁スフィアの利ざやが得られるようなスキルなんですよ？」

そんな補足を入れつつ、クロシィはカウンターの引き出しから貨幣を取り出して俺の目の前に置いた。

別に安いと思ってはいなかったが。

むしろ一回で七桁とか、そっちのほうがエグすぎだろ……。

ま、おそらくそんなポーションは「作り手が薬効進化も覚えているので進化前の状態で入荷されることが少ない」とか「そもそもの入荷数が年に数本レベル」とかいったあたりが現実だろうから、「貴重なポーションを進化させまくってウハウハ」なんて甘い話はないだろうけど。

地道に自分でも作れるポーションの種類を増やしていく方が、懸命な選択には変わりないだろうな。

「ちなみに確かユーキさん、自分でどのスキルを持ってるか確認できるんですよね。どのスキルまで覚えられました？」

報酬を懐にしまっていると、クロシィは話題を変えてそう尋ねてきた。

どのスキルまでってのは、薬効進化は除いたレベルアップと共に習得するスキルのことか。

それでいえば、えっと確か――。

「『錬成――解毒（弱）』までだな。マイルドキュアポイズンを作るための奴だ」

便覧もめくって確認しつつ、俺はそう答えた。

「マ、マイルドキュアポイズンですか……。たった一日でそこまで習得するなんてと言うべきか、その習熟度合いで薬効進化を身に着けていらっしゃることにツッコむべきか……」

そんな感想を述べたあと、クロシィは「ちょっと待っててください」と合図し、奥の部屋に行ってしまった。

一分くらいして戻ってくると、彼女は満面の笑みでこう言った。

「ユーキさん、朗報です！　明日から、ギルドの錬金室の使用が許可されることとなりました！」

錬金室……？

「何だそれ？」

「一定以上のスキルを持つ錬金術師に開放している作業部屋です。通常、錬金術師は『ギルドで材料を仕入れ、調薬してギルドに納品する』という流れで仕事を行っていることはご存じかと思いますが、たいていの錬金術師は、調薬作業を自宅で行っているんです。ですが……それだと往復時間がかかるため効率が悪い。そこで、床面積に限りがあるので全員にとはいきませんが、ある程度以上優秀な錬金術師には倉庫の近くの部屋を作業用に貸し出しているんです！」

聞き返すと、クロシィは部屋の概要を説明してくれた。

「通常は、『錬成――解毒（弱）』あたりまでしか習得していない錬金術師は貸出対象外なんですけどね。たった一日でそこに辿り着くという計り知れない成長速度を考慮に入れ、特別に貸出対象とする許可が下りたんです！　それに、薬効進化もありますしね！」

「あ……ありがとう」

なるほど、それで奥の部屋に行っていたのか。

上司に特別許可の付与について相談するために。

何から何まで申し訳ないな。

それはそれとして……楽しみなのは、明日からギルドの倉庫にある材料を使って調薬ができることだ。

せっかく習得したのに材料がなくて実用できなかったスキルたちを、片っ端から使ってみたいものだ。

「ではまた明日」

「はい、お待ちしております！」

最後に挨拶を交わして、俺はギルドをあとにした。

ギルドを出てからは、ある程度ぶらぶらと街を散策したあと、日が落ちたタイミングで今日の宿を借りてぐっすりと寝た。

◇

次の日。

自然に目が覚めたタイミングで朝起きると、俺はゆったりと朝食を食べてからギルドに向かった。

ギルドに着くと……最初に俺は倉庫に案内された。

「こちらが弊ギルドの素材倉庫となります。基本的には、冒険者ギルドや農業ギルドからポーションに使えそうな素材や薬用の農作物を仕入れ、一時的に貯蔵する場となっております。この素材を錬金術師の皆さんに調薬していただき、出来上がった薬品を納品していただく。それを治癒師ギルドや教会に納品する……というのが、我々の一連の業務となっております」

倉庫の前にて、クロシィはまず錬金術ギルドのバリューチェーンを説明してくれた。

「それではこれから、具体的な素材の持ち出し方法の説明をさせていただきますね」

彼女はそう言うと、倉庫の隣の小屋のドアを開けて中に入り、一冊の分厚い本を手に戻ってきた。

「こちらが持ち出し申請用の管理簿となります」

本を開いて見せられたページには……「●月●日　名前：●●●●　申請素材：●●草、●●の心臓　チェック者：●●」などと書かれた一覧がズラリと並んでいた。

「こちらに日付と名前、使いたい素材を記入してくだされば、私たちギルド職員が倉庫から該当の素材を取り出してきます。持ち出しの手続きは以上です」

「なるほどな」

「こちらの管理簿は、毎日営業時間終了後に納品されたポーションの管理簿と突合《とつごう》し、持ち出された素材分の完成物が納品されているかチェックしております。調薬工程に数日かかるポーション以外は、原則持ち出した当日納品していただくルールですので、くれぐれも持ち出すぎにはご注意くださいね！」

そんな注意事項を最後に、クロシィは説明を締めくくった。

当日納品が原則、か。

となると、持ち出す量は慎重に決めないといけないな。

俺は便覧に書かれている調薬の所要時間と睨めっこし、持ち出す量を逆算していった。

とりあえず今回は一回目なので、時間に余裕を持たせて半日で終わりそうな量だけ持ち出すとしよう。

「じゃあ、これで」

記入を終えると、俺は管理簿をクロシィに返した。

今回持ち出すのは……マイルドキュアポイズンの素材を三本分及び、その他の今まで覚えたスキルを用いて作るポーションの素材を各一本分ずつだ。

単純な興味としてどのスキルも一回は使ってみたかったし、かといってレベルアップにはレベル9で覚えた「錬成――解毒（弱）」をひたすら使うのが一番効率がいいだろうから、間をとってそんな比率にした。

「分かりました。少々お待ちくださいね……」

クロシィは倉庫の中に入ると、数分して素材の山を籠に入れて出てきた。

「ではこれを持って、錬金室に行ってらっしゃいませ！」

「ああ」

俺が籠を受け取ると、クロシィは倉庫の向かいにある建物を指してそう言った。

あそこが錬金室か。

これだけの材料を持って宿まで帰るなんて、絶対しんどかっただろうな。

そう思うと、この近さはマジでありがたい。

錬金室に着くと、早速俺は調薬を開始した。

前世では結構自炊をする方だったので、その時の経験を活かして「薬草Aを煮詰めている間に薬草Bを切り刻む」などと作業を並行したりして、時短を図っていく。

スキル発動以外の全てのプロセスが終わったものから順に、俺はスキルをかけてポーションを完成させていった。

「錬成——外傷治癒（微）」

「錬成——解毒（微）」

「錬成——物攻上昇（微）…………」

基本的には便覧の早いページに載っているものほど調薬工程も短い傾向にあるので、スキルを使う順番も概ね習得した順となった。

六本目のポーションを作ったところで——。

「錬成——魔力上昇（微）」

〈ジョブレベルが10に上がりました。新スキル「錬成——解呪（微）」が解放されました〉

レベルアップと共に、新たなスキルが解放された。

やはり、高レベルで覚えたスキルを使うほうが少ないスキル発動回数でレベルアップできるようだ。

単純計算だと、レベル9から10に「錬成——体力回復（微）」だけで到達しようとすると二百五十六回も調薬する必要があったはずだからな。

マイルドキュアポイズンの素材を多めに持ち出した判断も正解だったわけだ。

さて、続きをやろう。

その後も俺は、仕上げ以外のプロセスを終えてはスキル発動、を繰り返し、次々とポーションを完成させていった。

次は、二本目のマイルドキュアポイズンを作成した時。

「錬成——解毒（弱）」

〈ジョブレベルが11に上がりました。新スキル「錬成——魔力回復（微）」が解放されました〉

次のレベルアップがやってきた。

今回持ち出した材料では、あともう一回レベルが上がるかどうか……微妙なラインだな。

残り一個のマイルドキュアポイズンも完成させると、最後は薬効進化だ。

「薬効進化」「薬効進化」「薬効進化………」

十二本のポーション全ての効果を、一段階ずつ引き上げていく。

すると、最後の最後でその時がやってきた。

〈ジョブレベルが12に上がりました。新スキル「錬成——投擲《とうてき》用魔炎弾（弱）」が解放されました〉

どうやらギリギリで次のレベルアップ条件を満たせたようだ。

嬉しいんだが、投擲用魔炎弾て。

なんか物騒なスキルが来たな……。

人体に使用する以外のポーションが作成できることもあるんだな。

いや、もしかして投擲用魔炎弾も、強心剤みたいな使い方ができたりするのだろうか？

多分そんなわけないだろうな。

ニトログリセリンとは全くの別物だろうし。

……どうでもいいことを考えてないで、さっさと納品に行くか。

俺は錬金室を出て、受付の建物へと向かった。

「お疲れ様です、ユーキさん」

「ああ、お疲れ様」

受付にて、俺はポーションの入った十二本のフラスコを台の上に置いた。

「少々お待ちくださいね……」

クロシィはそう言って、これまた分厚い冊子を引き出しから取り出す。

「えーと、特記事項に薬効進化、と……」

そんな風に呟きながら、彼女は記帳を進めていった。

そっか。あとで素材と完成品を数量だけで突合しようとすると、不整合が起きてしまうもんな。

薬効進化を使った場合は、その旨を注記しとく必要があるってわけか。

「この場合、報酬額は……」

記帳が終わると、今度はクロシィは算盤《そろばん》を取り出して報酬の計算を始めた。

「一万九百三十八スフィアです。お受け取りください！」

計算を終えたクロシィがカウンターにお金を置いたので、俺はそれを懐にしまった。

たった十二本で、昨日と同じくらいの稼ぎになったな。

三分の一くらいの本数で、かつ素材の原価は差っ引かれてるはずなのにこの額とは、やはり難しいポーションになればなるほど単価もおいしくなるようだ。

今日はもうちょっと続きをやるか。

「また素材を持ち出したいんだが……いいか？」

「もちろんです！　今の時間帯だと、倉庫に担当の者がおりますのでそちらにお声がけください」

受付の建物をあとにすると、俺は一直線に倉庫に向かった。

今回持ち出すのは──「錬成──魔力回復（微）」で作るポーションの素材四本分だ。

新たに覚えたスキルを全部使ってみたいのはやまやまだが、あまり時間をかけていて営業終了時間を過ぎてしまってもまずいからな。

まとめて作業できるよう、今回は一種類を集中的に作ることにした。

なぜ「錬成──魔力回復（微）」なのかというと……投擲用魔炎弾なんて物騒なものを作る気分でもなかったからだな。

本来であればレベル12で覚えたスキルを使いまくるのが一番効率がいいんだろうけども。

持ち出し手続きを終えると錬金室に行き、調薬を実施した。

調薬と薬効進化が終わる頃には、レベルも13まで上げることができた。

出来上がったものを持って、俺は再び受付の建物へ向かった。

「これを」

「かしこまりました！　マイルドマナポーションが四本で……七千六百四十スフィアになります！」

報酬をもらうと、俺はギルドをあとにしようとした、
が、その時……クロシィからこんな提案が入った。

「あの……よかったら、完成品倉庫にあるポーションに片っ端から薬効進化をかけてから帰りませんか？」

なるほど、確かにそれはやっていってもいいかもしれないな。

調薬はスキル発動以外のプロセスもあるので一日にそう大量にできるものではないが、薬効進化はそれ単体なら一発あたり数秒でできる。

レベルアップに必要な回数はポーション作成より多いが、その分数を大量にこなせることを思えば、レベルを一上昇させるのにかかる時間はポーション作成と比べてそう変わらないはずだ。

それにもしかしたら、「薬効進化を回数こなすこと」が条件になっている、レベルアップとは無関係に手に入るスキルなんかがないとも言い切れないしな。

そもそも今俺は錬金室を対象外にもかかわらず特別に貸してもらってる身なんだし、そのくらいは快く協力するのが筋だろう。

「分かった。やっていこう」

「ありがとうございます！」

承諾すると、クロシィは明るい笑顔でお礼を口にした。

俺はクロシィの案内のもと、完成品の倉庫へと向かった。


倉庫にて。

クロシィが扉を開けて中に入ると……そこには圧巻の光景が広がっていた。

自分の背の高さ以上の棚に、綺麗に整列された数多の薬瓶が延々と並ぶ景色に、俺は感嘆のため息をつかずにはいられなかった。

倉庫の中ってこんな感じなのか。

素材持ち出しの時は中に立ち入りまではしなかったから、なんか新鮮だな……。

「凄い数だな」

「前回の出荷から結構日が経ってますからね。出荷直後だと、すっからかんの棚が多かったりもするんですよ」

ボソッと感想を漏らすと、クロシィはそんな説明を返してくれた。

「どの棚のポーションが進化前なんだ？」

「どの棚も何も、ほとんどですね。じゃあ今日は……出荷日が近いこの棚からお願いしましょうか！」

質問しながらついていっていると、クロシィは倉庫の真ん中より少し進んだあたりの棚のところで立ち止まった。

「端から端まで全部未進化ですから。順番にかけていってください！」

「了解。薬効進化、薬効進化、薬効進化……」

指示されるがままに、俺は一定のリズムでポンポンと薬効進化をかけていった。

「おお……次々とポーションが様変わりしていく！　こんな光景を人生で見られるなんて思ってませんでした……！」

見るだけでポーションの判別ができるからこそだろうか、クロシィは興味津々な様子で、進化後のポーションに目が釘付けになりながらそう呟いた。

程なくして、棚一面のポーションの進化が済んだ。

「次はどっちだ？」

「次……ええとじゃあ、その棚の裏面のポーションをお願いします！」

棚の反対の面に移動すると、また同じく薬効進化をひたすらかけていく。

が、その途中のこと。

思いもよらぬ事象が発生した。

〈錬金熟練度が基準値に到達しました。スキル「多段薬効進化・兆」が解放されます〉

なんと……突然のアナウンスと共に、またもや錬金熟練度が解放条件となっているスキルが一つ、覚醒したのだ。

うん。確かに、もしかしたら何かあるかもと淡い期待くらいは持っていたけれども。

まさか本当に、しかもまた薬効進化関係のスキルが手に入るとは。

あまりにもとんとん拍子がすぎないか？

今回はいったいどんなスキルが手に入ったのやら。

「ステータスオープン」

確認のために、俺はステータスウィンドウを開くことにした。

あまり人に見せるスキルではないのだが、クロシィには既に知られてるんだし、他に誰もいない場所でなら堂々と使っても問題ないだろう。

スキル欄にあった、「多段薬効進化・兆」をタップしてみると――。

●多段薬効進化・兆
ポーションの効果を一～二段階引き上げる、「薬効進化」の上位互換スキル。二段階進化が起こる確率は四分の一。同一のポーションに対して一度までしか効果がなく、また「薬効進化」が既にかけられているポーションにも使用できない

こういった説明文が現れた。

何というか、名前通りのスキルって感じだな。

「兆」というくらいだから、多段進化ができたりできなかったりするスキルなのかと推察しながら画面を開いたのだが、その予想は的中していたようだ。

「『薬効進化』が既にかけられているポーションにも使用できない」ということは、薬効進化と合わせて最大三段階進化させる、みたいなことは不可能というわけか。

それは残念だが、そもそも二段階引き上げ得るスキルが手に入ったって時点でだいぶ朗報なのだから、あまり贅沢は言えないな。

「ど、どうしました……？」

急に薬効進化を中断してステータスなんかを見だしたからか、クロシィは怪訝《けげん》そうにこちらの様子を窺《うかが》った。

「なんかまた新しいスキルが手に入ってな。これからは、四分の一の確率でポーションの効果を二段階引き上げられるようになったらしい」

「な、何ですって……?」

今しがた俺の身に起きたことをクロシィに説明すると、クロシィの目が点になった。

「あ、あの……。薬効進化に更に上位互換があるなんて、聞いたこともないんですが……」

喜んでくれるかと思ったのだが、返ってきたのは遠い目をしながらのツッコミだけだった。

ともかく、薬効進化を片っ端からかけていくのに協力するという方針は正解だったと、今確信できたな。

名前的に「兆」が最終形態ってことはないだろうから、これから毎日ちょっとずつでもこの作業をやっていれば、いつかは完全なる多段薬効進化を身に着けられるはずだ。

そうと決まれば、魔力が尽きるまでかけて回るのみだな。

「多段薬効進化・兆」「多段薬効進化・兆」「多段薬効進化・兆…………」

早速手に入れたばかりのスキルを使って、俺は中断していた作業を再開した。

すると今度は、スキル発動時に四回に一回くらいの頻度で「シャキーン!」という音が出るようになった。

「こ、これが二段階進化……。夢でしょうかこれは……!」

どうやらクロシィの様子を見るに、「シャキーン!」という音が出た時が二段階進化成功の合図のようだ。

飽きるまでずっと続けようと思ったが……終わりは思ったより突然にやってきた。

「多段薬効進化・兆」

〈ＭＰが足りません〉

あろうことか、ＭＰが底を突いてしまったのだ。

あ、錬金スキルって発動時にＭＰを消費するもんなんだな。

スキル発動で疲れるとか、そういう感覚は一切なかったから気付かなかったぞ。

新スキル獲得時とか、何回かステータスウィンドウを確認する機会はあったはずなんだが……スキルの詳細しか眼中になかったからその時もあまりよく見てなかったし。

今まではただ魔力量が多いおかげで、何の気なしにスキルを連発しても問題なかっただけだったか。

「すまないクロシィ、これ以上はできそうにない。魔力の限界だ」

こうなってしまってはどうしようもないので、俺は素直に現状を報告した。

「いえいえ、むしろだいぶ前から、これいつまで続くんだろうって思ってたくらいですよ。一回でこれほどの量をこなしてしまうの、十分人間辞めてますからね？」

がっかりされるかと思ったが、むしろそんなことはなく、クロシィは笑ってそう答えた。

「そもそもですね、普通の天才錬金術師が相手だったら、『片っ端から進化させてください』

なんて雑な依頼は出さないんですよ。薬効進化はかなり魔力消費が多いスキルなので、熟練の錬金術師でもそう連発できるものではないですから。普通は一回一回が貴重なので、元から効果が高く希少なポーションだけを選りすぐって依頼をかけてるんです」

「そうなのか？」

「そうですよ！　たった十数日でギルドの在庫全部を進化済みにできる錬金術師がいるなんて、この現場を見てない他支部の職員とかに話したら絶対信じてもらえないですよ……！」

「そうなんだ……」

あまりの熱弁っぷりに、俺は若干気圧《けお》されてしまった。

「では、今日はここまでということで。一段階進化と二段階進化が混じっていて集計には時間がかかりそうなので、報酬は明日でよろしいでしょうか？」

「ああ、問題ない」

調薬した分の報酬で、今日も余裕で宵は越せるからな。

負担をかけるわけにもいかないと思い、俺は提示された支払いのタイミングを快諾した。

「ありがとうございます！　そしたら今日は私、早めに上がれそうです」

それはよかった。

ワークライフバランスは、ストレスなく生きていく上で人間関係と一、二を争うくらい大事なものだからな。

――と思っていると。

「そこで一つ提案があるんですが……」

「何だ？」

「よかったら、このあと一緒にどこかに食べに行きませんか？」

クロシィが、思ってもいなかった提案を口にした。

「ユーキさん、ここに来たばかりでまだ全然地元の美味しい店とか知らないでしょうし。私でよければ紹介しますよ！」

ああ、わざわざそんなところまで配慮してくれるのか。

言われてみれば、この世界に来てから今に至るまで宿についてる食事以外食べたことがないので、地元民お墨付きのお店を教えてもらえるのは非常にありがたいぞ。

「ぜひ頼む」

「じゃ、決まりですね！　ちゃちゃっと事務処理終わらせてくるんで待っててください！」

クロシィとは一旦ここで別れ、終業後に落ち合うこととなった。

どんな料理が食べられるのか楽しみだな。

仕事を終えたクロシィと集合すると、俺は案内されるがままにおすすめの店とやらに向かうこととなった。

到着したのは、十分ほど歩いたところにあるこぢんまりとしたお店。

「ここねえ、ちょっと特殊な店なんですよ。……入ったらすぐ分かります！」

ドアを開けると、クロシィの言っている意味が一目で分かった。

店の中央にはでっかいテーブルがあり、豊富な種類の食材がこれでもかというくらい並べられていたのだ。

更に客が座るテーブルはというと、真ん中に加熱調理器具らしき赤熱した装置があり、各々がその上に鍋やら網やらを置いて中央から取ってきた食材を調理している。

「この店は、食材を提供してくれるレストランなんです。来店した人は真ん中から自由に食材を持って行って、好きなものを作って食べることができる。ね、画期的でしょ？」

店内を見回していると、クロシィが店のシステムを説明してくれた。

なるほど。要するにここは、「自分で作るバイキング」的な感じの飲食店、ってわけなんだな。

「この店の凄いところはなんと言っても、食材の取り揃えの幅の広さです。ここにあるもので作れない料理を探す方が難しいってくらい、食材も調味料も死ぬほどあるんですよ。慣れない地に来て、郷土料理が恋しい頃かと思いますし……どうですか、この店？」

店の選定理由からも、クロシィがちゃんと俺のことを考えてくれていたことがよく伝わってきた。

確かに、日本食が食べられなくなったのは寂しいなーとうっすら思ってはいた。

せっかくこういう店に連れてきてもらったからには、ここにある食材で作れそうな日本食を何か一品作って食べるとするか。

「じゃ、お互い食材を選んだら席に着きましょっか」

「そうだな」

そこからは、一旦別々に中央のテーブルを回って、それぞれ自分が食べたい気分の食材を集める時間となった。

作れない料理を探す方が難しいとはいうものの……日本食って、味噌といい醤油といいやたら発酵調味料を使うんだよな。

まさかそんなものまで取り揃えているのだろうか。

そんな疑問から、まず最初に調味料のコーナーを見てみると……なんと、目当てのものはものの十数秒で見つかってしまった。

テーブルの奥の位置に、味噌の入った小瓶が置いてあったのだ。

マジかよ。本当にあるのかよ。

流石に大げさだと思ってたら想像を超えてきたな……。

そうとう需要がないのか、置いてある場所はかなり手の届きにくいところだが、これこそまさに俺が求めていたものだ。

不人気ならちょっと多めに持って行っても文句を言われなさそうだし、むしろありがたい。

俺は瓶の半分くらいの量の味噌を取っていくことにした。

味噌があったとなると……作るものは、味噌汁か豚汁あたりがよさそうだ。

野菜コーナーに移ると、一口サイズにカットされた人参やレンコン、ごぼう、大根に里芋などがあったので、それらをもらっていくことにした。

最後に肉コーナーで豚バラ肉を多少もらい、俺は席に着くことに。

しばらくすると、クロシィも食材を選び終えて席にやってきた。

「お、ユーキさん……その調味料の使い方分かるんですね」

クロシィは味噌に気がつくと、興味深げにそう口にした。

「ちょうど地元の調味料でな。話には聞いていたが、まさかここまでの取り揃えだとは思わなかった」

「それはよかったです！　私、いつもユーキさんに驚かされてばかりでしたから……初めてユーキさんの想定を超えることができて嬉しいです！」

……そこなのか。

ともかく、早く食べたいので早速調理していくとしよう。

加熱調理装置は席の数分置いてくれているらしく、俺たちが座った二人席には二個の装置があったので、俺はうち片方を使って豚汁を作り始めた。

豚バラ肉、火が通りにくい野菜を順に炒めたあと、水と火の通りやすい野菜を入れて一煮立ちさせると、最後に味噌を溶かし入れる。

完成すると、懐かしい香りがふんわりと立ち昇った。

「わああ、美味しそうですね！」

クロシィも豚汁に興味津々なようだ。

「たくさん作ったから、好きなだけ取っていいぞ」

「ありがとうございます！　それじゃ少しいただきますね！」

鍋からお椀によそったら、いよいよ実食だ。

一口目を口に入れると……一瞬で、脳天を突き抜けるような美味さが口の中に広がった。

食材の質がいいからか、久しぶりだからか、はたまた自分で作ったからなのか。

いずれにしろ、食事でこんな幸せな気分になるなんてほんと久しぶりだな。

「んんん！　これ、最高ですね！」

クロシィも気に入ってくれたようで、よそった分を一気に飲み干してしまっていた。

「何で私、この調味料のポテンシャルに今まで気付かなかったんでしょう……」

「ハハハ、まあ地元の食文化になかったらなかなか難しいだろ」

「それもそうですね。私が隠れた名店を紹介するつもりが……逆に隠れた名料理を紹介してもらうことになるなんて、やっぱりユーキさんには頭が上がりませんね」

そこまで言ってくれると、作った甲斐が倍増するってもんだな。

——ていうか、そうだ。

もしかして俺、この豚汁を更にパワーアップさせることができたりするんじゃなかろうか？

ちょっと試してみよう。

「多段薬効進化・兆」

俺は豚汁の鍋に向かって、本来は錬金用のスキルを発動した。

旨味の元は、グルタミン酸ナトリウムやイノシン酸などの化学物質。

であればワンチャン、錬金術でそれらをアップグレードすることが可能だったりするんじゃないか。

俺がこのスキルを使ってみたのは、そんな仮説が思い浮かんだからだ。

鍋からもう一杯お椀によそい、里芋を豚バラ肉で包んで食べてみる。

すると……さっきとはレベルの違った旨味が口の中に広がった。

何だこれは。A5ランクの牛の希少部位か？

「な、何をやってるんですか……？」

味を堪能していると、クロシィが困惑した表情でそう尋ねてきた。

「薬効進化で旨味成分が強化できないかと思ってな。試してみたら大成功だった」

そういえば、さっきは二段進化成功の「シャキーン！」て音は聞こえなかったな。

今回でもとてつもない旨味の変貌具合だったのに、まだ上があるってことかよ。

今度店に来るのが楽しみだな。

「料理に薬効進化って……魔力が大量にある人は考えることが違いますね。てか、さっき魔力枯渇してたのに使えたんですか？」

「自然回復した分で足りたみたいだな」

一回魔力を使い切ったことなんて完全に忘れてたな。

そういえば今、どのくらいあるんだろう。

確認したくても、こうも人がたくさんいるところでステータスウィンドウを開くのはな。

……ま、あとでいっか。

「あの……私も、もう一杯だけいいですか？」

「もちろんだ」

なぜかちょっと遠慮がちにクロシィが聞いてきたので、俺はクロシィのお椀に多めによそってあげることにした。

「こ、こんなにいいんですか？」

「遠慮するなって」

「そ、それじゃありがたく……いただきます」

そう言って、お椀を口に近づける。

一口飲むや否や、クロシィは全身を震わせた。

「な、ななな何ですかこの画期的な美味さは！　天下取れますよこれ！」

天下取れるってどういうことだってばよ。

それだけ気に入ってくれるのは何よりだがな。


お次はクロシィが料理する番に。

彼女が用意した食材は……ジャガイモ、人参、玉ねぎ、豚肉、そして白いルウ。

「それは……シチューを作るのか？」

「ええ！　私、クリームシチューが大好物なんです！」

野菜や豚肉は一度下処理として火が通してあるようで、あとはルウを溶かせば完成するようになっていた。

「完成したらユーキさんにもおすそわけしますね！」

「ああ、ありがとう」

クロシィはルンルンなテンションで、お湯を張った鍋に具材を入れていく。

すると――その途中、俺の視界にまさかのものが入り込んだ。

俺の位置からは、最初は野菜や肉に隠れて見えないようになっていたのだが。

実はクロシィ、もう一種類具材を取ってきていたのだ。

しかもなんと——それはとても食材として馴染みのある見た目ではなかった。

一言でいえば、脳みそのような形をしたキノコ。

「そ、そのキノコ……」

思わず俺はそうツッコんでしまった。

「ああ、これですか？」

クロシィは何食わぬ顔でそう言って、そのキノコも鍋に投入する。

その滑らかな所作から察するに、敢えて奇抜な食材を選んだとかいうわけではなく普段から料理に使っているようだ。

「いったいそれは……」

「これはシャグマアミガサタケというキノコですよ。見た目はユニークなんですが、美味しくて歯ごたえ抜群の素晴らしい食材なんです！」

「……ああ、それか」

しかし最初は困惑してしまった俺も、名前を聞いたことで記憶が蘇ってきた。

言われてみれば……確かにあったぞ、そういう高級キノコ。

確かあれ、「食べれる猛毒キノコ」ってことで有名なんだよな。

ジロなんとかっていうロケットエンジンの燃料と同じ成分を含んでいて、微量摂取するだけでもやばい物質ではあるものの、しっかり茹でれば全部揮発するので完璧に毒抜きできるんだったか。

旨味が強く、キノコでありながら動物の肉の風味もあり、食感がキクラゲみたいってことで
フィンランドとかでは高級食材扱いされてたんだっけな。

てことはクロシィって、前世で言えば北欧系の食文化の地域出身なんだろうか？

「ほんとに見た目によらず美味しいんですから、ぜひ食べてみてくださいよ」

「ああ、そうしよう」

正体が分かったことで、俺はいつしかこの異形のキノコへの警戒心がゼロになっていた。

「ただ……店で出るこのキノコ、必要以上に茹でこぼしを繰り返してるんですよね。そのせいで若干味が抜けてることがあるというか……」

そんな中、クロシィは一点だけ不満をこぼした。

まあ、それは仕方ないだろうな。

店で出す以上は、万が一があってはならない。

ジロなんとかを完璧に抜くために必要以上に茹でこぼすのは、普通に真っ当な判断だ。

「それなら『薬効進化』で何とかしよう」

「いいんですか？　ありがとうございます！」

薬効進化を提案すると、クロシィは途端にぱっと笑顔になった。

それから十分くらいすると、クリームシチューが完成した。

「それじゃお願いします！」

「ああ、薬効進化」

仕上げに味を強化したら、ついに実食だ。

「おお、確かにいいな、このキノコ」

「でしょう？　最高なんですよこれが！」

シャグマアミガサタケもさることながら、シチューの味付け自体も絶妙でクロシィの腕前のよさが窺える。

「クロシィこそ料理で天下を取れるんじゃないか？」

「何をおっしゃいます。この程度、ユーキさんの足元にも及びませんよ」

「またまた」

なんて話しながら食べていると、気付いたら皿が空っぽになってしまっていた。

これはぜひまた食べたいものだな。


心行くまで豚汁とクリームシチューを堪能した俺たちは、しばらくの間店で駄弁《だべ》り続けた。

主には、俺が知ってる他の日本食のことなどを。

あっという間に時間が過ぎ、気付くと外が完全に真っ暗になるような時間となっていた。

「そろそろ行きましょうか」

「ああ、そうだな」

お会計を済ませるべく、店員を呼ぼうとした時のこと。

突如として、事件は起きた。

「おらぁ！　ここのテーブルは全部オレのもんじゃあ！」

真っ赤な顔の二メートルくらいある巨漢が、そんなことを叫んで暴れだしたのだ。

「ヤバいぞ、止めろ！」

気付いた店員たちがすぐに取り押さえにかかり、俺たちの会計に来ようとしてくれていた店員もそちらに加勢してしまった。

「ああー、運の悪い日に来ちゃいましたね……」

そんな様子を見て、クロシィが隣でポツリと呟いた。

「運の悪い日？」

「この店、酔うと手がつけられないとの悪評がある冒険者さんがたまにいらっしゃるんですよ。その日に当たっちゃったってことです」

なるほど……あの大男、酔ってああなっちゃったのか。

この店の食材が荒らされるのは困るし……何かできることはないだろうか？

頭をフル回転させつつ、俺は中央のテーブルに目を向けた。

そんな中、一つの野菜が目に入り……名案が浮かんだ。

そうだ、ウコンだ。

ウコンを二段階薬効進化でもさせれば、即効性のある酔い覚ましになってくれたりしないだろうか？

ダッシュして数個のウコンを手に取ると、俺は片っ端からスキルをかけていった。

「多段薬効進化・兆」「多段薬効進化・兆……」

二段階薬効進化が発動するのが先か、俺の魔力が尽きるのが先か。

運は俺に味方してくれて――三個目で、「シャキーン！」という音と共に二段階薬効進化に成功した。

「これを口に放り込め！　力づくでもいい！」

そう叫びつつ、二段階薬効進化に成功したウコンを大男を取り押さえている店員に放り投げる。

「ウコンでどうしろってんだ？」

「いいから！」

「わ……分かった」

ウコンを受け取った店員は、苦労しながらも何とか大男にウコンを飲み込ませた。

すると……大男は、さっきまでの大暴れが嘘だったかのように静かになった。

「……すまない。また迷惑をかけてしまった」

根は悪い奴ではないようで、大男は申し訳なさそうに一礼すると、お金を置いて店を出て行った。

静寂の中、店員の注目は俺に集まる。

「君……さっきのウコンは何だったんだ？　酔いに効くのは確かだが、あれほどの即効性なんて聞いたことが……」

「ただの薬効進化だ」

「そうか。ありがと――って、や、薬効進化⁉」

答えると、店員の驚きが一瞬遅れてやってきた。

「君……そんな凄腕の錬金術師だったのか？　しかしポーションでもない物に薬効進化が効くなんて、聞いたことが……」

「俺は始めて二日のペーペーだ。俺の薬効進化は、広義の薬効成分全部に効くみたいだな」

「どういうことだよ。言ってることが矛盾してるよ……」

ポーション以外のものに薬効進化が効くのって、普通じゃないのか。

「言われてみれば、確かに食べ物に薬効進化が効くのはおかしいですね。ユーキさんが常識を超えるのはいつものことなので、忘れてました」

おいクロシィ、何だそれ。

心の中でツッコんでいると、店員のうちの一人がハッとしたように厨房の奥にダッシュしていった。

厨房から出てきた彼は、何やら紙切れを持って俺のところに走ってきた。

「あの……これ、お礼です。僕たちにはこれくらいのことしかできませんが、受け取ってください！」

なんとそれは、五回分の食事無料券だった。

「逆にいいのか？　こんなにもらって」

「当たり前ですよ！　薬効進化なんて貴重なスキルを使っていただいたわけですし。それに……あの男にもっと暴れられていたら、五回分の食材費どころの損害では済まなかったはずですし」

ちょっとした工夫のつもりが、なんか凄い大きくなって返ってきてしまったな。

「ありがとう。また来るよ」

「お礼を言うのはこちらの方です！　あ、今回のお代も、お連れ様の分も合わせてタダにしますよ！」

ついでにクロシィの分まで無料になる始末。

「え……私はそんな、何も……」

「ま、元を辿ればクロシィが錬金術ギルドに誘ってくれたから今があるんだし。いいんじゃないか？　甘えといて」

「……そういうことにしときますか！」

こうして俺たちは、店員総出でお辞儀されながら店をあとにすることとなってしまった。

たった一日でＶＩＰになってしまうとは、とんだ幸運な日もあるもんだな。

第三章　ユーキ、錬金術の奥義を極める

それからも、俺はマイペースに錬金術師としての日々を過ごし、気付けば十日ほどが経っていた。

マンドラゴラを使う機会は、三日くらいでやってきた。

マンドラゴラを材料に作れるポーションは「レシオマナゲイン」というＭＰを割合回復するポーションだったので、それは自分用にとっておくことにした。

割合回復のポーションとは、「最大ＭＰの●パーセントを回復する」といったタイプのポーションのこと。

通常の「ＭＰを５００回復する」みたいな固定値型のとは違い、最大ＭＰが多ければ多いほど恩恵が大きいので、俺にうってつけなのだ。

もちろん、マンドラゴラ以外の材料はギルドの素材を使わせてもらったので、その素材分の原価はギルドに支払うこととなったが。

材料の中で一番原価が高いのはマンドラゴラなので、格安で手に入れられたことには変わりない。

ちなみにクロシィのフタゴダケはその次の日に材料として使わせてもらった。

そんな感じで更に数日、登録から数えると一週間ちょいが経つ頃まで、俺は順調にレベルアップし、できることを増やしていけていた。

が、この頃になって、一つ悩みが出てき始めた。

それは――「せっかく新しいスキルを覚えても、ギルドに素材がなくて実際の錬金はできない」というケースが多くなってきたことだ。高レベルで覚醒するスキルは当然、強かったり特殊だったりするレアなポーションを錬金するためのものとなってくるが……そうなると素材の方も、必然的に希少なものが要求されるようになる。

しかし、素材はギルドの倉庫から湧いて出るわけではなく、あくまで農業ギルドや冒険者ギルドから仕入れているものだ。

当然、農家が取り扱っていない薬草や冒険者が取りに行けない難易度の素材は、錬金術ギルドには入ってこない。

それゆえに、倉庫で持ち出し申請をしようとしても、「そんな素材は入荷されてません」と言われるパターンが増えだしてしまったのだ。

特にその傾向は、俺のジョブレベルが65を超えたあたりから顕著になった。

材料がなくては、仕方なく低レベル時に覚醒したスキルで錬金できるものを作っていくしかなくなるので、レベルアップのペースも落ちてばかり。

ここ数日、俺の錬金モチベは急降下の一途を辿っていた。

今日なんて酷《ひど》いもので、ギルドに向かおうと思った時には西日が眩しい時間になっていたくらいだ。

「お疲れ様ですユーキさん」

「ああ、お疲れ。薬効進化をやりにきた」

それでも一応薬効進化くらいは日課としてやっとこうと思い、何とか一日が終わる前にはギルドに足を運んでいる。

あ、薬効進化といえば。強いて直近の面白いことを挙げるとすれば……完全なる二段階薬効進化が、昨日覚醒したのだけは嬉しかったな。

「待ってました！　お願いします！」

倉庫についていくと、今日もいつも通り、魔力が尽きるまで薬効進化をやり続けた。

作業後……ふいにクロシィは、俺にこんなことを尋ねてきた。

「ユーキさん、最近あまり表情が明るくないようですが……何か悩みとかありませんか？」

どうやらモチベ低下を見抜かれていたようだ。

「なんかあんまりやる気が出なくってな。せっかく新しいスキルを覚えても、材料不足で試す機会がないし」

クロシィにくらいは本当のことを言っても大丈夫だろうと思い、俺はそう打ち明けた。

「それは耳が痛いですね……」

クロシィは苦笑いの表情でそう返した。

気を悪くしたなら申し訳ないな。

「しかし弊ギルドとしても……こればかりは割とどうしようもないんですよね。ユーキさんが片っ端から薬効進化をかけてくださっているおかげで資金はそこそこ潤っているんですが、仕入れ先が持ってないものに関してはいくら金を積んでも手に入らないので。難しい問題ですね……」

ため息混じりに、クロシィはそう続けた。

まあ俺も、ここで相談すれば解決するとまでは思っていない。

「それこそユーキさんが素材集めから全部やっちゃうくらいしか突破口はない気がしますね」

「俺が……集める？」

「はい。私みたいに冒険者を兼業してダンジョンに潜れば……ユーキさんほどの天才なら、そっちでも頭角を現して幻の素材もザックザク！　みたいな」

しかし代わりに、そんな突拍子もない案なら出てきた。

「ユーキさんならサブジョブの取得は既に可能なはずですし！」

「サブジョブ……？」

「はい。どんなジョブも、一定レベルに達すればそのジョブは保有したまま新しいジョブを始められるようになるんです。錬金術師の場合、だいたいその目安はキュアカースを作れるようになる頃なので、ユーキさんが条件を満たしてないということはないかと」

続けてクロシィは耳慣れない単語を口にしたので、その単語をオウム返ししてみると、彼女はそう説明してくれた。

言われてみれば……確かに、レベル30だったかくらいになった時〈サブジョブの枠が解放されました〉的なアナウンスが流れた気がする。

自分にはあまり関係ないと思ったので、今の今まで忘れていたが。

あそこまで達すれば、錬金術師を続けながら冒険者とかを兼ねられるようになるということか。

しかし、それはそれとしてもだ。

「とはいえなぁ……」

流石に見通しが甘すぎるんじゃなかろうか。

そうするくらいなら、二段階進化させた攻防強化系のポーションを格安で渡しつつ既存のベテラン冒険者に依頼する、とかの方がまだ現実的な気が。

それに俺、なんか戦いとかそういうのあんま乗り気じゃないんだよな。

「冒険者は、なあ……。最初に会った時も言ったと思うが……」

「それは承知の上です。でもユーキさん……食わず嫌いしてるだけで、もしかしたらめちゃくちゃ向いてたなんてこともあるかもしれないじゃないですか。一回、騙されたと思って軽くダンジョンに潜ってみるくらいいいんじゃないですか？」

やんわり断ろうとしたのだが、その言葉は更なる説得により遮られてしまった。

……あれ。クロシィ、もしかして結構本気で言ってたのか？

しかしまあ、食わず嫌いと言われちゃあ返す言葉もないな。

せっかく新天地に来たというのにたった数日で腐るのももったいないし、明日くらいは冒険者を体験してみてもいいか。

「そこまで言うならまあ軽く、な」

ちょっとだけ乗り気になった俺は、そんな返事をした。

「それがいいと思います！　ユーキさんがとんでもない素材やポーションを持ち込んでくれるの、楽しみにしてます！」

おい何勝手に期待してるんだ。

「軽くと言っているだろう。それより……そうと決まればある程度対策はしたい。メガアイスボムポーションの材料を買いたいから、素材倉庫まで一緒に来てくれないか？」

やるならやるで、徹底的にリスクヘッジしておきたいと思った俺は、投擲武器となるポーションをいくつか準備することに決めた。

メガアイスボムポーションは、俺がレベル52の時に覚えた「錬成――投擲用氷結弾（強）」で錬金できるポーションだ。

二段階進化させれば、そこそこ心強いアイテムにはなるだろう。

火炎弾と違い、氷結弾なら酸素不足による不完全燃焼のリスクもないので、ダンジョンのような狭い空間にもうってつけだ。

「分かりました。用意周到ですね……」

「怪我とかしたくないからな」

クロシィから材料を買い取った俺は、錬金室で調薬と薬効進化を済ませ、ギルドをあとにした。

その晩は次の日に備えて、早めに床について熟睡した。


次の日。

起きて朝食を食べ終えると、俺は冒険者ギルドに向かった。

ギルドに入る前、俺は近くの公衆便所の個室に入って鍵をかけると、現在の自分のステータスを一応再確認しておくことにした。

「ステータスオープン」

結城　裕樹

HP：820／820
MP：13440／13440
ジョブ：錬金術師（Lv：69）
―サブジョブ：未解放
物攻：112
物防：131
魔攻：353
魔防：667
才能：1000000
スキル：錬成――体力回復（微）
錬成――外傷治癒（微）
錬成――解毒（微）
錬成――物攻上昇（微）、物防上昇（微）
錬成――魔攻上昇（微）、魔防上昇（微）
錬成――全攻防上昇（微）
錬成――体力回復（弱）
錬成――外傷治癒（弱）

錬成――解毒（弱）
錬成――解呪（微）
▼（次の10件）
特記事項：なし

うん。見たところで、「どのくらいの数値だとどういう強さか」みたいな相場感が分からないから何とも判断がつかないな。

だがとりあえず、攻防に関しては魔法寄りかつ防御寄りであることは分かった。

確かクロシィ、冒険者のジョブは「魔法使い」「剣士」などいくつかある中からの選択制だと言っていたな。

サブジョブは物理寄りかつ攻撃寄りのものを選べばバランスがよくなりそうだ。

ただそうは言っても、豊富なMPは活かしたいので、完全物理型ではなくあくまで物理「寄り」程度に留めたいところだが。

大雑把ではあるが、方針は立ったので、実際に登録に赴くことにした。

受付に並ぶと、まずは錬金術師登録の時と同じく手続き用の書類が渡された。

名前はユーキで年齢は二十四、ここまでは錬金術ギルドの時と同じだ。

備考欄には、錬金術師と書いておく。

残るは必須の欄がもう一つ、希望するジョブの選択のみ。

さてここはどうするか……。

「ジョブってどれを選択すればいい？　一応希望としては、物理攻撃寄りだけど魔法も使えるって感じがいいんだが。ちなみに本業は錬金術師だ」

俺は素直に職員のおすすめを聞いてみることにした。

ジョブの名称からなんとなくどんな戦闘スタイルか予想はつかなくもないんだが、思い込みで選択するのも賢明ではない気がするからな。

すると、職員からは逆に質問が返ってきた。

「物理攻撃寄りで魔法も使える、ですか……。あの、差し支えなければお伺いしたいのですが、錬金術師としてはどのくらいのレベルのお方なんですか？」

なぜそんなことを聞くのだろう。

「そうだな……一応、素材が手に入らなくて手持ち無沙汰となってるスキルはいくつかある。あと薬効進化は二段階まで習得してるな」

不思議に思いながらも、別に開示しちゃまずい情報でもないため、普通に答えた。

すると職員は、満を持した様子でこう答えた。

「なるほど！　後半はよく分かりませんでしたが、とりあえず結構極めてらっしゃるんですね。

でしたら、おすすめできるジョブがございます！」

「どれだ？」

「魔法剣士はいかがでしょう？」

魔法剣士、か。

ジョブ選択欄を見た時から、なんとなく目星をつけていたジョブではあった。

やはり名前通り、順当にそれがおすすめなのか。

しかしなぜそれならわざわざ「錬金術師としてどのくらいか」などと聞いてきたのだろう。

「魔法剣士、普通の新人には全くおすすめできないジョブなんですがね。魔法使いとしても剣士としても中途半端で、器用貧乏になりがちですから。しかし既に他の魔法系ジョブで基礎ができていれば、その相乗効果で弱点が克服され、真のオールラウンダーになれるんです！」

疑問点を尋ねようかと思ったが、職員がそれより先に説明を補足してくれた。

そういうことか。

錬金術師のジョブレベル由来で既に「物攻」とか「魔防」とかが数百あるから、器用貧乏にならずに済む。

だからそういった人間にだけはおすすめしている、と。

仰る通り、まさに俺にうってつけなジョブだな。

こうしてお墨付きがもらえると、迷いなく選択できるので助かる。

「じゃあそれで」

俺は「魔法剣士」にチェックを入れ、紙を提出した。

「分かりました！　それじゃあ……」

そこからの流れは錬金術ギルドの時と同じで、俺は水晶を使ったジョブ登録手続きに移ることとなった。

今回は特に推薦とかはないので、登録料は自腹で払うこととなったが。

登録が終わったら、一旦ギルドを退出してステータスウィンドウを開き、ちゃんとサブジョブに魔法剣士が入っていることを確認してギルドに戻った。

このままダンジョンに向かってもいいんだが……俺は日本という治安に極振りしたような国で二十年以上もの年月を過ごしてきた人間だ。

ソロで戦いに挑むなど不安すぎる。

というわけで、今日は優秀な先輩にフォローしてもらいながらダンジョン攻略に挑むとしよう。

その手続きのために、俺は今度は冒険者用の受付ではなく依頼者用の受付に並んだ。


一時間後。

手続きを終えた俺は、いかにも百戦錬磨な雰囲気の男女三人と共にダンジョンの手前に来ていた。

「はじめまして。俺の名前はユーキだ。今日はよろしく頼む」

「俺はシャイル。Sランクパーティー『オムニスレイヤー』のリーダーだ。よろしく」

「私はロゼ。同じく『オムニスレイヤー』のメンバーで、魔法使いとして後衛を担当してるわ」

「俺はジート。『オムニスレイヤー』の前衛担当だ」

まず俺は、その三人と自己紹介を交わした。

――そう。俺は今日ダンジョン攻略をフォローしてもらう人として、Sランク冒険者パーティーを雇ったのだ。

普通にパーティーを組めばいいじゃないかと思うかもしれないが、新人である俺が組める相手なんてのは、せいぜいランクが一つ上くらいの冒険者までだろう。

それでも単独攻略に比べればいないよりマシだろうが、俺としては少し心許ない気がした。

初めて見る魔物への恐怖から俺が足手まといになり、パーティーメンバーも俺をフォローしきれずに共倒れ、なんてことになったら最悪だし、組んでくれた相手にも迷惑がかかるからな。

そういったリスクを皆無にするために、フォロー者には圧倒的過剰戦力を用意しておきたかったのだ。

とはいえ、普通にパーティーを募集してSランク冒険者など来るはずもない。

そこで思いついたのが、いっそのこと客の立場で冒険者を雇うという発想だ。

最高ランクの冒険者だけあって値は張ったが、ポーションの二段階進化でそこそこ資産が貯まっていた俺に出せない額ではなかった。

これで何があっても、今日俺が危険な目に遭うことはないだろう。

ちなみに俺は魔法剣士を選択しときながらまだ自分の剣を持ってないわけだが、それについても相談すると、とりあえずジートが手持ちの剣の中で最も初心者でも扱いやすいものを貸してくれることとなった。

「まさかSランクになってまで、ガチ初心者の付き添いをやる日が来ようとはな」

「全くね。こんな楽な依頼、人生でもう二度と受けることないんじゃないかしら？」

Sランク冒険者たちの余裕そうな雰囲気が、何とも頼もしい。

とりあえず、実際に中に入る前に方針の再共有をしておこう。

「基本的には、俺が主体で戦う……つもりだ。けど、俺が戦えそうになかったり、少しでも危険だと思ったら遠慮なく介入してくれ」

「了解！」

「任せときなさいよ！」

「君の安全は俺たちが守る！」

意識合わせができたところで、いよいよ突入だ。

ダンジョンに入り、しばらく歩いていると……五分くらいで、最初の魔物とエンカウントした。

ずるずると這《は》いながら移動する、水色の不定形の生物。

「あの魔物は……」

「あれはただのスライムだ。一番の雑魚だぜ」

尋ねると、シャイルが欠伸《あくび》をしながらそう答えてくれた。

「どうすればいい？」

「一番の雑魚とは言ったが……お前、これが初めての戦闘なんだろ？　ならいくら用心してもしすぎってことはねえ。とりあえず一回、全力で戦ってみな」

アドバイスを求めると、帰ってきたのはそんな回答。

全力、か。

魔法剣士ジョブレベル1の今の俺には、スキルなんてプチファイアースラッシュしかないが、それでいけばいいのだろうか。

……いや、違うな。

魔法剣士としての全力は確かにプチファイアースラッシュだが、錬金術師としての実力も考慮するのであれば、もっと上の攻撃手段がある。

初戦は手を抜くなってことなんだし……今の俺が使うべきは、投擲用氷結弾のほうだろう。

俺は投擲用氷結弾のポーションの瓶を取り出すと、スライムめがけて投げた。

「あっしまっ……」

しかし緊張からか少し狙いがずれ、氷結弾はスライムから一メートルほど奥に着弾してしまう。

――が。

着弾するや否や、半径五メートルくらいの地点が完全に凍りつき、スライムはそれに巻き込まれて絶命した。

やった、倒せた。

喜びと共に、俺は今のでさっきのシャイルのアドバイスが完全に腑に落ちた。

もしさっき、プチファイアースラッシュで攻撃してスカっていたら……俺はスライムの反撃に遭い、大変なことになっていたかもしれない。

しかし氷結弾を使ったおかげで、攻撃はスカったが、結果的にスライムを討伐することには成功した。

おそらくシャイルはここまで全部お見通しだったのだろう。

流石はSランク冒険者、経験者視点でのアドバイスほどありがたいものはないな。

〈魔法剣士のジョブレベルが2に上がりました。新スキル「プチライトニングスラッシュ」が解放されました〉

討伐完了から少し遅れて、レベルアップのアナウンスも流れた。

ライトニング——雷系か。

ダンジョンのような風通しの悪い場所だと、こっちのほうが炎系より安全そうだな。

そうだ。せっかくSランク冒険者にフォローしてもらってるんだし、さっきの戦いのフィードバックをもらっておくか。

「どうだった、さっきの戦い？」

聞きながら、俺は三人のほうを振り返った。

が、彼らはといえば……なぜか口をあんぐりと開けたまま、完全に固まってしまっていた。

あれ、どうしたんだ？

「な、ななな何だ今の攻撃……？」

数秒経って、ようやく口を開いたシャイルから出てきたのはそんな質問だった。

「氷結弾の——えっと確か名前は、エクストラアイスボムポーションってやつを投げた」

「だよな。今の威力は間違いなくエクストラアイスボムポーションだったよな。俺の見間違えじゃないよな」

知ってるのか。

ならなぜ聞いた。

「何でスライム相手にそんな代物使ったんだ……？」

「そりゃあ全力でってアドバイスをもらったから、手持ちで最大の攻撃手段を……」

「そんな代物」って、さっきと言ってることが違うじゃないか。

疑問に思いつつも、俺はありのままの自分の判断を話した。

するとシャイルは頭を抱えつつこう言った。

「あー……すまん、それは俺が悪かった。俺としては、お前が今使える中で最強の技を使ってくれればよかったんだ。まさか初心者がこんなえげつない武器を持ってるなんて思わなかったから……」

って、あれそういう意味だったのか。

「しかし俺は助かったぞ。エクストラアイスボムポーションだからちょっとエイムをミスってもスライムを倒せたが、剣で攻撃してスカってたら最悪反撃されてた」

「スライムが反撃？　何言ってるんだ。確かにスライムはごく稀《まれ》に酸を吐いてくるが、奴の酸なんてヌメヌメするだけで何も溶かせねえ。攻撃をミスろうが反撃されようが気にせず戦って大丈夫な相手なんだが……」

そうだったのか。

じゃあ次からはプチライトニングスラッシュでよさそうだな。

「ほんとごめんなさいね。私たちの雑な指示で貴重なポーションを使わせてしまって。お高かったでしょう？」

シャイルとの会話に少し間が空いたところで、今度はロゼが申し訳なさそうに謝ってきた。

「いやいや気にしないでくれ。実は俺、メインジョブは錬金術師でな。さっきのポーションには原価しかかかってないんだ」

「でも……エクストラアイスボムポーションともなると、原価も馬鹿にならなかったはずじゃ……」

「それも大丈夫だ。俺は二段階の薬効進化が使えるから、原価もメガアイスボムポーションの分しかかかってない」

罪悪感を覚えてほしくなかったので、俺はそんな説明を返す。

すると、三人の声がハモった。

「「「に、二段階の薬効進化……!?」」」

しばらくの静寂のあと、最初に口を開いたのはシャイルだった。

「あー、別に俺たちに気を遣って、ありもしないスキルで原価を抑えたことにしなくていいんだぜ」

どうやら信じてもらえてないようだ。

……仕方ない。実演するか。

「何かポーション持ってないか？　それを進化させよう」

「え……あ、じゃあこのメガマナポーションを……」

「多段薬効進化・極」

シャイルから一本ポーションを借りると、俺はそれに対し二段階薬効進化用のスキルをかけた。

「こ、この輝きは……」

「間違いねえ。いっつも買うのを躊躇《ちゅうちょ》する、あのエクストラマナポーションじゃねえか……」

進化が済むと、三人ともエクストラマナポーションに見入って無言になってしまった。

「あの、よかったら次に行きたいんだが……」

「……」

声をかけても返事がない。

しょうがないな。

気が済むまで待つとするか。


しばらくして、またダンジョン探索を再開すると、程なくして二体目のスライムにエンカウントした。

「じゃあ今度は……くれぐれもポーションの投擲ではなく、剣で戦って倒してみてくれ」

「分かった。プチライトニングスラッシュ」

指示を受けると、覚えたてのスキルを発動しつつ、スライムめがけて剣を振り下ろす。

稲妻を帯びた剣に一刀両断され、スライムは焦げ焦げになってしまった。

俺的にはいい感じに倒せたと思うが……お三方的にはどうだろうか。

「剣でやるとこんな感じだ」

そう言いつつ、俺は三人の方を振り返った。

すると……三人とも目が点になっていた。

今度はどうしたっていうんだ？

「一つ聞きたいことがある」

今回は、最初に口を開いたのはジートだった。

「聞きたいこと？」

「ああ。まず威力については……あんな馬鹿強いプチライトニングスラッシュは見たこともねえが、それはまあメインジョブの錬金術師の影響ってことで納得するとしてだ。けど……そもそも何でもうプチライトニングスラッシュが使えるんだ？」

困惑気味な様子で、ジートはそう尋ねてきた。

「何でって、さっきの戦闘で覚醒したからだが……」

経緯を話すと、三人が顔を見合わせた。

そして何やら、話し合いが始まる。

「なあシャイル、お前冒険者始めてから何日で最初のデフォルトじゃないスキル覚えた？」

「四日だ。ジートは？」

「俺も四日だ。ロゼは？」

「私は三日よ」

「「「……」」」

話し合いのあと、全員の顔がこちらに向き、つかの間の静寂が訪れる。

「「「お前、本当に人間か？」」」

静寂を破ったのは、そんな三人のハモる声だった。

どういうツッコミなんだそれは。

フィードバックはどこ行ったんだ？

「紛れもなく人間だが……」

とかしか返しようがないだろ。

「じゃあ、俺たちが『人間』って単語の意味を間違って覚えてるんだな」

「ええ、きっとそうね」

だから何なんだ、さっきからそのノリは。

「あの……戦い方のアドバイスとかあれば、お願いしたいんだが……」

「すまねえ、びっくりしちまって助言できるほどしっかり見れてねえ」

まあ、今後ももう何戦かスライムと戦ってから次の階層とかには行くつもりだから、アドバイスをもらうのは毎回じゃなくても階層を降りる時ごととかでいっか。

とりあえず、俺は次に進むことにした。

十分ほどして、俺は三体目のスライムを発見した。

「プチライトニングスラッシュ」

さっきと同じ要領で、俺はスライムを丸焦げにする。

するとその直後、また脳内にアナウンスが流れた。

〈魔法剣士のジョブレベルが3に上がりました。新スキル「ラピッドペネトレイト」が解放されました〉

どうやらスライム討伐の時のレベルアップのレートは、錬金術師としてプチヒールポーションを作ってた時と同じっぽいな。

あと四体くらい倒して次の階層に向かうとちょうどキリがよさそうだ。

ところで、ラピッドペネトレイトってどんなスキルなんだろう。

「なあ、誰か……ラピッドペネトレイトってスキル知ってるか？」

ここでステータスを開くわけにもいかないので、俺はそう尋ねてみた。

するとこの問いには、ジートが若干引き気味になりながらこう答える。

「単純な刺突《しとつ》強化攻撃だが……まさかお前、もう覚えたのか？」

「ああ。さっきの戦いでな」

「これ本当に現実か……？」

ジートはそんなことを言って、自分の頬《ほお》をつねりだす始末。

とりあえず、ダンジョン内で使用しても何ら不都合はないスキルのようだな。

次から早速使ってみるか。

そこから先の四体のスライムとの戦いでは、俺は毎回ラピッドペネトレイトを使用した。

〈魔法剣士のジョブレベルが４に上がりました。新スキル「エリアプチファイアースラッシュ」が解放されました〉

今度のスキルは聞かなくてもだいたい予想がつく。

炎系、それもエリアってくらいだからおそらく範囲攻撃系だろう。

これはダンジョンでは使用しない方がよさそうだ。

そうこうしていると、次の階層に行くための階段が見えてきた。

ここまで来たら、一旦これまでの戦いを振り返っておくか。

「みんなに聞きたいんだが……今までの俺の戦いを見て、どうだった？　何か改善すべき点があれば教えてほしい」

俺は三人にそう尋ねてみた。が……。

「悪ぃ。俺ちょっとお前にアドバイスするの怖いわ」

「そうね。私たち程度の人間の常識にはめて、才能を潰してしまったらもったいないものね」

「お前はありのままが一番さ」

何一つとして助言は返ってこなかった。

どうしてそうなる。

まあ一応、身の安全さえ守ってくれれば十分ではあるのだが……。


それから数時間後。

俺たちはダンジョンの六十二階層にまで来ていた。

始めはもっとゆっくりしたペースで攻略を進めようと思っていたのだが、「その威力の技が使えるならもっと奥に行ける。いざとなったら俺たちが何とかするから安心しろ」の繰り返しでここまで来てしまったのだ。

敵はだんだんと強くなっていったが、こちらもどんどん強力なスキルが使えるようになっていったので、一度として危ない状況に陥ることはなく、粛々と攻略を進めることができた。

氷結弾も、初戦以降は一度として使っていない。

「メガライトニングスラッシュ」

「ギャアアアァァァァァ！」

六十二階層の敵も軽く一刀両断できるレベルで、どうということはなかった。

これならもうすぐ六十三階層に進めそうか。

と、思ったが。

「次の階層は……ちょっと待ってくれ」

予想とは異なり、シャイルからストップがかかった。

なぜだろう。六十三階層からは敵のレベルがガクンと変わりでもするのか？

にしては中途半端な数字の気もするが……。

「この実力じゃ厳しいか？」

「いや、そういうことじゃなくてな……。これ以上先は、俺たちのほうが実力的に厳しいんだ」

聞いてみると、シャイルは歯切れが悪そうにそう答えた。

「別に進みたきゃ進んでもらって全く構わねえ。けど、俺たちじゃもうお前をフォローするのは不可能だ」

シャイルは力なげにそう続ける。

マジか。俺もうSランク冒険者の限界まで来てしまってたのか。

そんなことある？

まだ一日経ってないんだが。

しかし実際そうなのであれば、六十三階層に進むのはちょっとあとにした方がいいな。

だいぶ慣れてきたとはいえ、まだまだ単独行動には不安がある。

レベルアップ頻度は全然悪くないので、もう二～三上げてから次の階層に進む、とかでも遅くはないだろう。

「分かった。じゃあもう少し、この階層で戦うことにするよ」

「ああ、まあ俺たちはどっちでもいいんだがな……。全く、初心者にたった一日で抜かれるなんて、今日は悪夢みたいな日だったぜ……」

方針を伝えると、シャイルは頭を抱えながらそう呟いた。

ま、まあ……初心者とは言っても、錬金術師としてのベースありきで今があるわけだし。

そんなに落ち込まなくてもいい……んじゃなかろうか？

考えるのはやめよう。

俺は少し引き返して別の岐路に入り、次の魔物を探した。

「ゴアアアァ！」

「メガライトニングスラッシュ」

「ギャアアアァアアアア！」

「ストレージ」

見つけたら即倒して、素材を持ち帰るために収納する。

このストレージってのは亜空間収納ってやつで、巨大な魔物とかを持ち帰るのに便利なのだそうだ。

最初の頃は戦利品の素材はロゼに収納しといてもらっていたが、レベル40になった時俺も使えるようになったので、そこからは自分で収納するようになった。

ロゼ曰く、ストレージの容量は最大魔力量に比例するとのこと。

「成長速度もさることながら、収納量もおかしいのよねあなた。まだ入るって、いったいどんな魔力量してんのよ……」

収納完了すると、ロゼが呆れ半分にそう呟いた。

こんなところでも、ルシファーの設定ミスが役に立つとはな。

これまでのペース的に……レベルアップは二体後か。

次を探そう。

そう思い、歩きだした時——またもや予想だにしないことが起きた。

〈戦闘熟練度が基準値に到達しました。状態「インスティンクト・オブ・アレス」が解放されます〉

流れるはずのないタイミングで脳内アナウンスが聞こえたと同時に、新たなスキルが覚醒したのだ。

戦闘熟練度、か。この手の覚醒は、魔法剣士としては初だな。

インスティンクト・オブ・アレス——いったいどういうスキルなのだろうか。

いや待て。スキルというか、さっきのアナウンス、「状態」って言ってなかったか？

……状態って何だよ。

まあいいか。帰ったらステータスウィンドウから確認しよう。

一旦「インスティンクト・オブ・アレス」のことは考えないことにして、俺は先に進んだ。

次の魔物とエンカウントしたところで、俺はソイツを倒すべくスキルを唱えようとする。

が——そうしようと思った時には、なぜか既に敵は真っ二つになって倒れていた。

いったい何が起こったんだ？

不思議に思っていると……後ろから、微かにこんな会話が聞こえてきた。

「あ、あれはまさか……」

「インスティンクト・オブ・アレス……覚醒したっていうの？」

……知ってるのか。

「ああ、そうだ。それってどういう状態なんだ？」

俺はそう聞いてみた。

断言しながら質問するという、何とも矛盾した発言となってしまったが……アナウンスだけ聞いて実態を知らないのだから仕方ない。

「インスティンクト・オブ・アレスは……戦いを極めた者だけが入れる領域だ」

俺の問いには、ジートが答え始めた。

「どういうものかってったら……そうだな。敵と対峙すると意識と肉体が完全に切り離され、身体が勝手に戦闘してくれるようになる。それにより、生物の限界を超えた反応速度が実現されると共に、身体の使い方が最適化されて限界以上のパワーが出せるようになる。更に戦いの神の加護により、総魔力量は常時二倍になり、ほぼ無敵と言っていいくらいの物理的・魔法的な頑丈さが身につく。……と、言われてるな」

ジートの説明によると、「インスティンクト・オブ・アレス」は様々な効果がてんこ盛りの状態のようだった。

いや、盛りすぎだろ。二郎系ラーメンか？

しかしまあ、そういう状態なんだったら、「敵が勝手に倒れた」ように見えるのも納得だな。意識と肉体が完全に切り離されてたんじゃ、その間の出来事など分かるはずもないのだから。

とすると……今後の戦闘は全部、「気付いたら勝ってた」ってなる感じか。

慣れとか関係なくなると思えば、その点はありがたいな。

けど……何で伝聞口調なんだ？

「と、言われてる？」

そこを突っ込んで聞いてみると、今度はロゼがこう答えた。

「そう書いてある戦術書があるのよ。もっとも、誰もそんな状態になってる人がいないから、世の中のほとんどの人からその書は眉唾物、いえ何ならおとぎ話と思われているけども。今実物を見るまでは、私たちもその認識でいたわ」

そんなことがあるのかよ。

と思ったが——二段階の薬効進化も似たようなもんなので、今更か。

「でもよかったわ、あなたがその状態に覚醒してくれて」

魔物を収納しようと思い、歩いて近づいていると……ロゼがよく分からないことを呟きだした。

「なぜだ？」

「だって……今ので確信できたもの。あなたは人間ではなくて、神の生まれ変わりかなんかだって。そう思えば、新人に一日で抜かれたからってショックに思うことはないものね」

聞いてみると、更に無茶苦茶なことを言い出した。

どういう理屈だよ、それ。

生まれ変わりはある意味当たってるが、別に神の生まれ変わりじゃないぞ俺は。

神によるバグではあるかもしれないけど。

「ストレージ」

ツッコんでも無駄だと思い、俺はそれ以上深く考えないことにした。

さて、こんな状態が覚醒したからには……別にもう俺、六十二階層に留まってる必要はないな。

もともと更に進むのを躊躇してた理由は漠然とした不安だけだったし、戦闘が勝手に終わるのであれば、そこの心配は完全に消え去るのだから。

である以上、今から六十三階層に行ってもいいんだが……どうせここから先「オムニスレイヤー」のフォローなしで単独攻略になるのであれば、明日以降やっても変わらないか。

今日はもう結構頑張ったし、一旦ここまでで切り上げるとしよう。

俺たちは地上に帰還した。

そして冒険者ギルドに戻ると、戦利品のうちポーションの材料にならないものの売却及び「オムニスレイヤー」の三人の依頼達成の手続きをした。

手続きが終わり、ギルドの外に出たところで。

「ありがとうな、この剣。使いやすかったぞ」

別れ際、俺はジートに借りていた剣を返そうとした。

しかしジートは、なぜかそれを受け取ろうとしなかった。

「いや、いいよ。それはもらってくれ」

「え……いや、流石にそれは申し訳ない」

なんか借りを作るのもアレだと思ったので、尚も俺は剣を返却しようとした。

すると彼は、剣を受け取らない理由を説明しだした。

「申し訳ない？　何言ってるんだ。忘れたのか……俺たちはエクストラマナポーションを作ってもらってるんだ。そんな剣よりはるかに高いぜ」

そういえば、そんなこともあったな。

二段階薬効進化の実演のことなど完璧に忘れていた。

別に借りを作ることにならないのであれば、ありがたく頂戴するとするか。

「そういうことなら、遠慮なく使わせてもらおう」

「ああ。お前みたいな天才に使ってもらえるなら、その剣も嬉しいだろうぜ」

こうして俺は、「オムニスレイヤー」のみんなと別れることになった。

さてと。ストレージにたんまり素材が貯まっていることだし、このあとはちょっくら錬金術ギルドにでも寄るか。

調薬は後日にするとしても、浅い階層で獲った俺自身では使わないような素材に関しては売却しておきたいからな。


錬金術ギルドにて。

「あ、ユーキさんお疲れ様です！　素材倉庫にご案内しますね」

受付に並ぶと、なぜか俺はクロシィに素材倉庫に連れて行かれそうになった。

なぜだ。完成品倉庫ならまだしも、なぜ素材倉庫に。

流石に今日はもう持ち出し申請しないぞ？

やる気以前の問題として、仮に今日このタイミングから調薬を始めたとしたら終業時間までに納品できなさそうな時間なんだが……。

「いや、ここでいい。今日は冒険者活動で得た素材を売りに来ただけだし……」

基本的に納品の手続きは受付でやって、それを職員が倉庫に搬入する。

そういうフローになっていると、最初に説明を受けたはずだ。

だから素材の納品をするのは、倉庫じゃなくてここで合ってるはずなんだが。

と思いながら、俺はそう答えた。

しかし。

「ですから、素材倉庫でいいですよね？」

なぜかクロシィからは、そう返ってきた。

あれ。素材の納品手続き、やり方が変わったのだろうか？

疑問に思っていると、クロシィはこう続けた。

「おそらく大量に持ち込んでくださるはずですし」

そう言われ……俺は思い出した。

あ。確かに、「ただし量が多い場合は直接倉庫に納品していただくことがあります」的なことを言われた記憶もあるな。

それで倉庫にって話になってるわけか。

……じゃないんだよなあ。

そういうルールがあるにしてもだ。

クロシィ、何で俺が大量の素材を持ち込む前提なんだ。

「倉庫に直接持っていくに値する量かどうかは、見てみないと分からないんじゃ？」

「見ないでも分かりますよ。ユーキさんのことです、どうせ『思ったより向いてた』とか言ってめちゃくちゃ狩ってきたんでしょう？」

何でそんなに自信満々なんだ。

まあ「思ったより向いてた」という部分は当たっているのだが。

「さあさあ、行きますよ！」

ツッコミを入れる間もなく、クロシィは倉庫に向かって歩きだす。

なし崩し的に、俺もそれについていった。


倉庫にて。

「では、こちらからお入りください！」

いつもの持ち出しの時とは違い、今回は俺も直接倉庫の中に入ることになった。

「ここに納品される物を置いてください」

クロシィはそう言って、綺麗なブルーシートが敷かれた場所を指す。

「分かった」

俺はブルーシートの上に移動した。

売る物は……そうだな、五十階層以前の物は全部売っちゃっていいか。

その辺までなら、レベル55の時までに使ったような素材ばかりだしな。

「ストレージ」

スキル名を唱え、俺は亜空間収納の中にある該当するものを全て取り出した。

すると……クロシィの目の色が変わった。

「あの……ちょ、ちょっと待ってください」

どうしたんだろう。

たくさん持ってきてるって前提で俺は倉庫に連れてこられたわけだし、量で驚かれることはないと思っていたのだが。

「ど、どういうことなんですかこの素材のラインナップは……。いったい今日一日でどこまで攻略なさったんですか⁉」

……そっちか。

「六十二階層までだ。最深層付近で獲ったものは自分で使いたいから、ポーションに加工してから納品するがな」

俺は今日の攻略階層を、納品する素材の階層とのズレの理由まで含めて説明した。

「六十二階層って……Sランク冒険者が苦戦するような階層ですよ？　もうユーキさん、案外向いてるとかそんな次元じゃなくてダンジョンの申し子じゃないですか……」

ダンジョンの申し子って何だよ。

「魔物が物騒だとか言ってたのはいったい何だったんですか⁉」

「最初そう思ってたのは事実だ。だから今日は、Sランクパーティー付き添いのもとダンジョンに挑んだ」

「なるほど、そういうことでしたか……。じゃないとそんな階層まで行けませんよね」

「自力では絶対行く気にならなかっただろうな。『インスティンクト・オブ・アレス』が覚醒して、もう恐怖とか関係なくなったから、今後は単独でももっと下の階層まで行けるが」

「うん今絶対サラッと流してはいけない単語が出てきましたよね。てことは何です、お試しでダンジョンに入ってみたら、幻のスキルが覚醒してSランク冒険者の実力を置き去りにしてしまったってことです？」

話せば話すほど、超絶怒涛のツッコミが返ってくる。

「だからその……ありがとう。クロシィが俺の可能性に気付いてくれたおかげで、素材不足の不満は解消されそうだよ」

「気付けてた範疇《はんちゅう》に入るんですかねあれは。想像の数千倍凄かったんですけど……」

お礼を言うも、クロシィは遠い目でただそう返すばかりだった。

「えっとじゃあ、集計しますね……」

十分ほど、俺はクロシィによる納品物の集計を待った。

集計が終わると、クロシィは一旦金庫に向かい、山のようにお金を持って戻ってきた。

「まあ何にせよ、ユーキさんが元気を取り戻したなら何よりですよ。人生、楽しく生きることが一番ですからね！」

「ああ、全くだ。今後ももっと作れるポーションのレパートリーを増やしていくから、よろしくな」

「それはそれは……恐ろしく楽しみですね」

そんな会話を交わしつつ、俺は報酬を収納する。

「じゃ、また明日。売らなかった素材の調薬をするから、明日は久しぶりに朝から錬金室を借りるよ」

「はい、お待ちしております！」

こうして俺は、クロシィに見送られながら錬金術ギルドをあとにすることとなった。

全く、今日は色々ありすぎてわけの分からない一日だったな。

それから数週間、俺はダンジョン攻略する日と錬金する日を交互に繰り返す日々を送った。

ダンジョン攻略の方は、最近ではもう攻略可能階層が百を超えるようになってきた。

そして錬金術のほうも、一昨日にはレベル98にまで到達した。

昨日はダンジョン攻略に赴いてレベル98で錬金できるようになったポーションの素材を獲得

してきたので、おそらく今日レベル99に到達できるだろう。

そんな思いを胸に、俺は淡々と調薬作業を進めていた。

そして――お昼過ぎの頃のこと。

〈錬金術師のジョブレベルが99に上がりました。新スキル「素材自由化」が解放されました〉

目論見どおり、俺はレベル99に到達することができた。

「よっしゃ！」

誰もいない錬金室で、俺は小さくガッツポーズする。

さて、肝心のスキルだが……今回はまた「練成――○○」という名称じゃないやつなんだな。

レベルアップ時に手に入るスキルで「練成」がついてないのは、レベル90の時に手にした「鑑定」以来だ。

スキル名は「素材自由化」ということだが……ん？

それってまさか――。

「ステータスオープン」

ステータスを開いて該当スキルをタップすると、こんな説明文が出てきた。

●素材自由化
任意の材料から任意のポーションが作れるパッシブスキル。練成スキル詠唱時に勝手に同時発動する。スキル発動対象の物質の状態は問わない

そのまさかだった。

「……マジか」

説明文を見て、思わず俺は息を呑んだ。

任意の材料から任意のポーションをって。

プチヒールポーションの材料からエクストラ○○系のポーションが作れるとか、そういうことなのか？

いくら何でも自由すぎるだろ。

いや待て。冷静に考えたら、それどころの話じゃないかもしれないぞ。

スキルの説明文には、「任意の〝材料〟から」とあるんだ。

「任意の〝薬液〟から」ではない。

これが意味するところは……まさか、ただの水からどんなポーションでも作れてしまう、なんてことも考えられるのでは？

ちょっと試してみよう。

俺はフラスコに水を入れると、パッと思い浮かんだスキルを唱えてみた。

「錬成――割合回復（超級）」

ギガレシオマナゲインという、ＭＰを百パーセント回復させるポーションを錬成するためのスキルだ。

俺にとって一番有用なのはこのポーションなので、試しに作るのもこれにしてみた。

ちなみにレシオマナゲイン系統は、割合回復に百パーセント以上などというものはないのでこれが最上級であり、エクストラとかはない。

スキルが発動すると、フラスコの中の液体の色が変わった。

見た目は完全にギガレシオマナゲインだが、本当にそうなっているのだろうか。

「鑑定」

念のため、俺は鑑定スキルで確かめてみた。すると……。

●ギガレシオマナゲイン
総魔力量の百パーセントに相当する魔力量を回復させるポーション

確かに、本物ができていることが確認できた。

「何じゃこりゃ……」

あまりの常識外れ具合に、喜びよりも困惑が勝ってしまった。

こんなのアリなのか。

もうダンジョンとか行かなくていいじゃん。

それに端っから最上級ポーションを作れるってことは、もう薬効進化もいらないじゃん。

しかも材料をすり潰したり煮詰めたりといった工程が不要になった以上、一本あたりにかかる時間さえも大幅に短縮できてしまうし。

ＭＰが足りなくなっても即席ギガレシオマナゲインを飲めばいいんだから、もはや俺永久機関みたいなもんだな……。

「は、ハハハ……」

あまりの反則っぷりに、俺は笑うしかなかった。

あと何か懸念する点があるとしたら、水の枯渇ってか？

……いや、待てよ。

もしかしたら、その懸念すら必要ないんじゃなかろうか。

俺は空のフラスコを用意して、スキルを詠唱してみた。

「錬成――割合回復（超級）」

すると……フラスコ内が、さっき作ったポーションと同じ色の液体で満たされた。

「鑑定」

念のため鑑定してみるも、問題なくさっきと同じ鑑定文が表示される。

やっぱり、できてしまうんだな。

素材自由化、スキルの説明文に「スキル発動対象の物質の状態は問わない」ってあったもんな。

状態ってのが個体・液体・気体とかのことかと思い、フラスコ内の空気を対象にスキルを使ってみたのだが、どうやら仮説通り空気がポーションに変わってしまったようだ。

なんかもういよいよわけが分からないぞ。

こうなると、もうボトルネックは空きフラスコの残数とかそういう話になってくる。

おそらくだが、今から本気を出せば今日中にギルドにあるフラスコを全部使い切ってしまうことになってしまうだろう。

際限なしに何でも作れるようになったのはいいが、これではそのメリットを活かしきれないな。

——そうだ！

「錬成——飛行（究極）」

「錬成——飛行（究極）」

俺は最上級の飛行ポーションであるウルトラフライポーションを二本作ると、うち一本を飲んでギルドを飛び出した。

向かう先は、資材店。

ドラム缶をありったけ買うと、俺はもう一本の飛行ポーションを飲んで資材店からギルドに戻ってきた。

これでもう容器の心配なく、「素材自由化」の真価を存分に発揮できるぞ。

俺は片っ端から最上位クラスのポーションを作っては、ひたすらドラム缶を満たしていった。

一心不乱に作業を続けていると、気付いたら西日が眩しい時間となっていた。

「今日はこれで最後にするか」

などと独り言を呟きながら、俺はステータスウィンドウをスクロールして次に作るポーションの目星をつける。

「これにしよう。錬成——呪詛予防（究極）」

最後に作るポーションを決め、錬金を進めていると——思わぬことが起こった。

〈錬金術師のジョブレベルが100に上がりました。新スキル「万物創造」が解放されました〉

なんと……またレベルアップしたのだ。

え。ジョブレベルって、まだ上があったのか。

「素材自由化」なんて錬金術の集大成みたいなスキルが手に入ったんだし、てっきりレベル99が上限だと思いこんでいたのだが。

しかも今なんて言った。

万物……創造?

「ステータスオープン」

俺はスキル詳細を確認せずにはいられなくなった。

●万物創造
思い浮かんだものを何でも実現できる至高の錬金スキル。詠唱するだけで、術者が欲しいと念じたものが正確に具現化される。これで何を為せるかは術者の発想力次第である

説明文を見てみると……そこには「素材自由化」ですらショボく見えるほどの、とんでもないことが書かれてあった。

もはやポーションという枠すら超えて何でもアリになっちゃったよ。

理解が全然追いつかないんだが。

これは……一旦落ち着いてゆっくり活用方法を考えなきゃいけなさそうだな。

ちょっと今は衝撃を受けすぎて、とてもアイデアを出せるような心境じゃないし。

一旦俺は「万物創造」について考えるのをやめ、途中となっていたドラム缶を呪詛予防のポーションで満たす作業に戻った。

それが完了すると、納品に向かうことにした。

「お疲れ様です、ユーキさん」

「ああ、お疲れ。完成品の倉庫に来てくれないか？」

「え……どうしてですか？」

「ちょっと今日は納品するポーションが多くてな」

受付にてクロシィを見つけると、俺はそう頼み、一緒に完成品の倉庫に移動した。

「納品するポーションが多いって……どういうことですか？」

「『素材自由化』ってスキルが発現してな。今日はご覧の量のポーションを作成した」

倉庫にて、俺は簡潔に今日の出来事を説明しつつ、亜空間収納から大量のドラム缶を取り出した。

「な……なな何ですかこの缶は⁉」

「中身は全部何かしらの最上級ポーションだ。確認してくれ」

クロシィはおっかなびっくりといった様子で、缶の蓋を開けては一つずつ中身を確認していった。

「あ、あああ……私、夢でも見てるんですかね……？」

「夢じゃないぞ。『素材自由化』ってのは、どんな物質からでも任意のポーションを作れるスキルでな。ただの空気からでもポーションを作れるってことで、デカい容器を用意して大量生産することにしたんだ」

目を白黒させるクロシィに、俺はそう詳細を説明する。

「『素材自由化』、そんな規格外なスキルだったんですね……。そういう名前の伝説のスキルがあるってことは何かのマイナーな薬学書で見た気がしますが、そこまでえげつないスキルだとは知りませんでした……」

クロシィは遠い目で感想を口にした。

「とはいえ、この量に関してはユーキさんの魔力量ありきなんでしょうけどね」

「そうでもないさ。素材が自由ってことは、いくらでも割合回復ポーションが作れるからな。一度このスキルを手に入れてしまえば、誰でも永久にポーションを作り続けることは可能だ」

「あ、確かに……。でもユーキさん以外がやると、割合回復ポーションで胃がタプタプになりそうですね……」

言われてみるとそれはちょっとヤだな。

「えーと、これは……ちょっと待っててくださいね……」

クロシィはそう言い残すと、一旦完成品倉庫をあとにした。

戻ってくると、クロシィは開口一番頭を下げた。

「すみません、この量となるとギルドの内部留保を全部出しても報酬をお支払いしきることができず。お支払いの方なんですが、売れてからとさせていただいてもよろしいでしょうか……？」

そうか、そうなるのか。

空気からの錬成やドラム缶の用意など、色々とボトルネック解消のために工夫してきたつもりではあったが……ギルドの報酬支払いの限界までは考慮できてなかったな。

「もちろんだ。俺の方こそちょっとやりすぎた」

黒字倒産されても困るので、お願いはもちろん快諾することにした。

「いえいえとんでもないです。ただ……もしかしてこのペース、ずっと続きそうですかね？」

クロシィは一旦安堵したような、しかしそれでいてどこかまだ不安が残っていそうな様子でそう聞いてきた。

遠回しな聞き方ではあるが、おそらくこのペースの納品が続くと正直困るというのが本音なんだろうな。

だがその点に関しては、心配してもらわなくていい。

「いや、そのつもりはない」

希少なポーションをこうも量産していては、数日分ならともかく数ヶ月単位とかになってくると、いずれは価格崩壊とか経済にも悪影響が出始めるだろう。

最悪、錬金術師の失業とかにも繋がってしまうかもしれない。

そんなことは、俺も望むところではない。

それに……今の俺には、ポーション作りよりもっと別のやりたいことがあるのだ。

「実は今日……『素材自由化』だけじゃなく、もう一つスキルを習得していてな。『万物創造』ってのが手に入ったんだ。しばらくはそっちの活用に専念したいから、今後しばらくポーションは作らないと思う」

俺はそう事情を説明した。

具体的に何を作るかはまだ未知数だが、それは今夜からじっくり考えればいい。

「へえ、そんなスキルがあるんですか。初めて知りました」

クロシィはキョトンとした様子でそう言った。

「素材自由化」とは違い、こっちは存在すら知らなかったか。

よほどマイナーなのか、はたまた今まで人類史上誰も習得したことがなかったため記録に残っていないのか。

「何なんですかね。めちゃくちゃ凄いスキルのはずなのに、もう驚く体力がないですよ私……」

疲れ切った様子で、クロシィは大きくため息をついた。

さて。これでギルドでの用は済んだことだし、帰って宿でゆっくり夜を過ごすとするか。

「というわけで……何かいいものを発明できたらまた売りに来ると思うが、その時はよろしく」

「はい、もちろんです！」

軽く挨拶を交わすと、俺は倉庫の外に出た。そして、

「錬成――飛行（究極）」

口を開けて上を向きながら口の真上で錬金スキルを発動し、ポーションを滝飲みした。

「またな」

「ええ！」

上空に浮き上がりながら、俺はクロシィに手を振る。

ある程度の高度に達したら、街を見下ろして自分の宿を探し、宿に向かって一直線に飛んで帰った。

第四章　ユーキ、妖精を発明する

次の日。

起きて朝食を食べ終えると……早速俺は、「万物創造」を使っての発明に取りかかることにした。


何を作るかについては、昨晩のうちにざっくりと方針を立てた。

俺がこの世界で、「万物創造」を使って作りたいもの。

それは――世界中を繋ぐ通信サービスだ。

なぜそこに考えが至ったのか。

俺の根底にある思いは……「超ホワイトな大企業を作って、莫大な雇用を生み出し、幸せに働ける人を増やしたい」というものだ。

この世界に来た当初は、俺はそんな壮大なビジョンは持っておらず、ただただ自分がのんびりと暮らしていければそれでいいと思っていた。

しかしそれに関しては、矢継ぎ早のレベルアップで早々に達成してしまった。

そうなってくると、「どうせ余力があるなら、自分だけじゃなくみんなで同じ幸せを共有できるといいのではないか」と。

そんな考えがおぼろげに頭に浮かぶようになったのだ。

とはいえつい一昨日までは、特に実現に向けたアイデアも思い浮かばなかったので、そこまで本気ではなかったのだが。

「万物創造」が手に入ったことで、一気に実現可能性が高まった気がしたので、昨日一晩かけて真剣に考えてみたのである。

それにあたって……真っ先に俺が参考になる企業として思い浮かべたのは、他でもない。

代々木に特徴的な形のビルを持つ、某通信企業だ。

あの会社はワークライフバランス、法令順守意識、職場の人間関係全ての面においてまごうことなき純白のホワイト企業であり、だからこそ俺も転職を志望した。

ホワイトどころか、それを超えて「透明企業」などと称されることすらあったか。

その上通信事業は前世ではもはやライフラインそのものであり、国民の生活を全体的に豊かにするものだった。

そのようなサービスを作れば、莫大な雇用を生むという点も達成でき、サービスを受ける人も働く人もみんなを幸せにすることができる。

完璧な先行事例があるのに、それを目指さないという手があるだろうか、いやない。

というわけで……まず最初に作ろうと思っているのは、携帯電話だ。

厳密に言うとあの企業は「二〇二五年度収益の過半をスマートライフ事業と法人事業で創出する」とか言ってるので、いつまでモバイル事業の会社と呼び続けるのが正しいのかは微妙なとこだが、まあその辺は通信が上手くいってから考えるとして。

「先《ま》ず隗《かい》より始めよ」ならぬ「先ず通信より始めよ」ってのでいってみよう。

とはいえ、流石にそっくりそのまま再現するというのは不可能だ。

前世で企業研究を重ねたとはいえ、それはあくまで経営方針とかの部分が中心で、一から構築できるレベルのネットワークの知識なんて到底持ち合わせていないからな。

科学技術の代わりとなるものを、俺なりの方法で魔法で再現しなくちゃならないわけだ。

肝心なのは、そこをどのような形にするか、だが――。

「万物創造」

スキルを詠唱すると、十分の一スケールのフィギュアくらいの身長の羽の生えた女の子が出現した。

更にもう一体。

「万物創造」

俺が作ったのは――目の前で喋っている人の声を、別の個体に転送することができる人造妖精だ。

使い方はこんな感じだ。

「かけてー」

「はーい！」

「ユーキくんから、れんらくがきてるよー！」

俺が初号機に発信するよう頼んだら、初号機が返事をし、続いて二号機が着信を伝えてくれた。

この妖精とはある程度のレベルまでの会話をすることができ、今のように発信をオーダーして繋げてもらうことができる。

もしここで二号機に対して「了解」などと伝えれば、通話が繋がるといった仕組みになっている。

こういった形にした理由は一つ。

これが一番この世界の人にとって利便性が高い形だろうと思ったからだ。

この世界は科学ではなく魔法で文明を築いている。

しかも、ステータスウィンドウも俺固有のものであって、この世界に元からいる人たちに馴染みのあるものではない。

そんな中、タッチパネルで操作する機器を普及させようとしても、まず「使い方が分かりにくい」というのが障壁となってしまいかねないだろう。

もちろん、時間をかければ慣れてはくれるだろうが、それよりも最初から直感的に操作できる形にした方が話が早いんじゃなかろうか。

「万物創造」がある以上、思いつけさえすれば実装は一瞬なので、ちゃちゃっとこういう形にしてみたわけだ。

デフォルトが羽のついた妖精型なのにもちゃんと意味があって、所有者から一定の距離を保って飛んでくれる仕様にすることで、ハンズフリーでの使用や持ち運びを可能にしている。

しかもコイツには変身機能がついていて、通話相手の姿に都度変身してくれるので、あたかも相手が目の前にいるかのように会話できるのだ。

通話機能の部分に関しては、こんなもんで完璧だろう。

まだこれは簡易的な試作品であり、電話番号のような発信する相手を特定する機能とかは実装できてないので、どちらかといえば携帯というよりトランシーバーに近い感じではあるが。

一旦これでクロシィに見せてみて、動作を確認してみていい感じだったら、本格的に携帯として使えるように改良を加えていこう。

俺は錬金術ギルドに移動した。

「いらっしゃいま——って、ゆ、ユーキさん⁉」

受付に並ぶと、クロシィは驚いて声をあげる。

「あ、あの。私には何というか、妖精みたいなものが見える気がするんですが。そちらは……？」

その視線は、俺の肩あたりでホバリングしている妖精たちに釘付けになっていた。

「ああ、これは俺が作った。万物創造でな」

答えつつ、俺は妖精のうち一体をクロシィの方に行くよう促す。

「今日ここに来たのも、その件で協力してほしいことがあるからなんだ。ちょっとコイツと一緒にいてくれないか？　で、『ユーキくんから、れんらくがきてるよー！』って言われたら『繋いで』って答えてくれ」

「よろしくねー！」

軽く操作説明をすると、続いて妖精が挨拶をして、ペコリとお辞儀した。

「え、ええ……？　ま、まあ分かりました。それにしても、こちらの妖精さんかわいいですね……」

「気に入ってもらえたなら何よりだ。じゃあ俺は一瞬錬金室に行ってくる」

俺は受付の建物を出て錬金室に向かった。

到着したら、早速発信だ。

「かけてー」

「はーい！」

妖精が元気よく返事をして数秒経つと……その姿が変わり始めた。

クロシィとそっくりの容姿になると、巨大化を始め、わずか一秒足らずで等身大となった。

「あら、あらら……妖精さんがユーキさんになっちゃった……！」

妖精は驚いて目を見開き、口をパクパクさせる。

実際には妖精が驚いているわけではなく、通話相手であるクロシィの言動を妖精が模しているのだが。

さて。「ユーキさんになっちゃった」ってことは無事向こうの妖精も俺の姿に変身したようだし、クロシィに機能を説明するか。

「そいつは俺じゃない。俺の姿を模しただけの妖精だ」

「え……？」

「この妖精は、遠方にいる相手の声を届けてくれる通信装置なんだ。あたかも相手がすぐそばにいるかのような臨場感を演出するために、通信相手の姿に変身する能力を付けている」

「……なるほど！　そういうことなんですね！」

簡潔に概要を話すと、一瞬考え込んだあと、クロシィは手をポンと叩いた。

「変身するなんて思ってませんでしたから、何事かと思っちゃいましたよ……」

それは申し訳ない。

実物を見てからの方が説明が分かりやすいかと思ったが、姿が変わることだけはあらかじめ説明しておいた方がよかったか、確かに驚くよな。

「てことはこれ……今、錬金室に私の声が届いているってことですか？」

「ああ、そういうことだ」

「そんなことが……凄い！」

どうやらクロシィは妖精の容姿のみならず、機能も気に入ってくれたようだ。

幸先よくて何よりだな。

「じゃ、一旦そっちに戻るよ。妖精と右手で握手してみてくれ」

「握手……ですか？　分かりました……」

クロシィが妖精の右手を掴《つか》むと、その瞬間、妖精が元の姿に戻った。

そう。右手との握手は、通話終了を意味するようになっているのだ。

ちなみに左手は保留機能だ。

俺は錬金室をあとにして、受付の建物に戻った。

「あら～戻っちゃった～。かわい～」

戻ってみると、クロシィはにんまりとした笑みを浮かべて妖精を撫でていた。

「ただいま」

「あ、ゆ、ユーキさんお疲れ様です！」

声をかけると、クロシィは慌てて妖精を背後に隠した。

その姿勢は、心なしかいつもよりピーンとしている。

そんなにびっくりせんでもいいだろうに。

ともかく、使い方も分かってもらったところで、納品について話を進めようか。

「この妖精だが……言ってもまあこれは試作品でな。かける相手を選ぶ機能とか、そういった諸々を追加実装したあと正式版を売ろうと思っているんだ」

まず俺は、今後のざっくりとした計画を話した。

「そこで、改良に入る前に聞いておきたいんだが……正式版ができたら、それをこのギルドに売りにきていいか？」

続けて俺はそう尋ねる。

この妖精は紛れもなく錬金スキルで作ったものだが、できたものはといえばポーションとはまるで別ジャンルのものだ。

錬金術ギルドの既存の顧客は治癒師ギルドや教会だということなので、販路的にここで取り扱うのは難しいといったことも考えられるだろう。

それでも、このギルドで取り扱ってもらえるのか。

はたまた、もっと最適なルートがあって、それを紹介してもらえたりするのか。

気になって、俺はこの質問をしてみることにした。

するとクロシィはこう答えた。

「そうですね……私としては、この妖精さんの素晴らしさはよく分かるのですが。弊ギルドにとっては専門外というのが正直なところですね……」

「そうか……」

「かといって、ここまで斬新なものを取り扱ってくれる場所があるかというと、それも難しい気がしますし。……いっそのこと、ご自身で商会を立ち上げられてしまっては？」

なるほど……そう来たか。

確かに、もともと超ホワイト企業を作るのを目的に始めたことを思えば、それはアリというか、むしろ一番の王道だな。

しかし、俺がそれを避けて錬金術ギルドに売り込もうとしていたのにもちゃんと理由がある。

「何だか難しそうだな……」

そう。自分には起業のノウハウが（おそらくセンスも）皆無なのだ。

証券会社で働いた経験があるからといって、自分でビジネスを立ち上げる力がつくわけではないからな。

他所様《よそ》の経営状態を分析するスキルなら自信はあるが、両者は全くの別物なので活きるかといえば特にそんなこともない。

そんな俺が一から事業を始めようったって、上手くいく確率は残念ながらそう高くないだろう。

別に莫大かつホワイトな雇用を生み出すだけなら、何も自分の拙いビジネス手腕で四苦八苦して起業する必要などない。

錬金術ギルドで妖精を取り扱ってもらって専門の部署を作ったり、ある程度デカくなったら分社化という手もあるのだ。

そっちの方が確実だし、今までお世話になった錬金術ギルドともｗｉｎ―ｗｉｎの関係でいられる。

ならばと思い、俺はクロシィを頼りに来たわけだ。

だが、ギルド側からここで取り扱うのが難しいと言われてしまうのであれば……やむを得ないか。

「それってどうやればいいんだ？」

俺はクロシィの案に乗ることにした。

とはいえ、それならせめてアドバイスくらいは欲しい。

一介のギルド職員に聞くことでもないかもしれないが、少なくとも俺よりこの世界に詳しいんだから、何か参考になることを教えてもらえるかもしれない。

たとえば、どこでどうやって手続きすればいいかくらいは。

と思って聞いてみると、クロシィは、思わぬ提案をしてくれた。

「商業ギルドでできますよ。よかったら、今からでも一緒についていきましょうか？」

一緒に……？

「い、いいのか？　勤務中だろ？」

今一緒に来てもらったら、仕事中に抜け出すことになってしまうのではないか。

心配になった俺は、そう聞いてみた。

するとクロシィは、満を持したように胸を張ってこう返した。

「なんとそれがですね。私……ユーキさんの『万物創造』関連であれば、自由に特別有給休暇を取っていいって許可を得たんです！」

なんつう許可だそれは。

錬金術ギルド、懐の深さが尋常じゃないな……。

しかしまあ、懸念点はこれで解消されたわけだ。

商会立ち上げの手続きのみならず、正式版作成に向けての追加機能実装においても、クロシィの助言が何かと役に立つかもしれない。

ありがたく同行してもらうか。

「そういうことなら、ぜひ頼む」

「では行きましょう！」

こうして俺たちは、二人で商業ギルドに行くこととなった。

少し距離があるので、飛んで行くのがいいか。

「万物創造」

流石にクロシィにポーションを滝飲みしてもらうのは忍びないので、マグカップを一個創造するとその中に一人分の飛行ポーションを錬金して注いだ。

「これは……？」

「飛行ポーションだ。歩くと遠いだろ？」

マグカップをクロシィに渡し、ポーションを飲んでもらう。

自分の分は別にどう飲んでも構わないので、錬金しながら滝飲みした。

数秒でポーションの効果が出て、二人とも浮けるようになった。

高度が上がると、二〜三階建てのレンガ造りの建物が中心部には所狭しと、郊外には畑と共にぽつりぽつりと建つ街の景色が一望できるようになる。

「わわっ！　飛ぶのって、こんな感じなんですね……」

「意外といい眺めだろ？」

「……確かに！」

しばしの間、クロシィが飛行状態に慣れるのを待った。

ある程度制御がしっかりしてきたところで、俺たちは商業ギルドまで飛んで行った。

商業ギルドにて。

建物に入ると、まずはテーブルを挟んで向かい合うソファーが何ペアも並ぶ空間が目に入った。

いかにも商談に向いてそうな空間って感じだ。

「いらっしゃいませ。本日はどのようなご用件で？」

奥から声が聞こえてきたのでそちらを見てみると、細い眼鏡をかけた若い男が一人佇《たたず》んでいた。

この人が商業ギルドの職員だろうか。

「新しい商会の設立を申し込みに来た」

「かしこまりました。ではこちらへ」

要件を伝えると、俺たちはソファーのうちの一つに案内された。

片側に俺とクロシィが座ると、向かい合うほうに男が座る。

「商会の新規設立、と仰いましたね。でしたら、こちらをご記入ください」

男は目の前のテーブルに紙を三枚ほど置いた。

えーと……一枚目は申請書、二枚目と三枚目は規約で三枚目の最後に署名欄がついている感じか。

早速俺は申請書から埋めていくことにした。

申請書の記入項目は、まず必須の欄が代表者名、申請日、商会の目的、商会の名前。

そして任意の欄が資格／免許、本店所在地となっている。

本店所在地のところは任意となっているものの、小さく※印付きで「拠点を一つ以上持つ場合は必須」と注意書きがあった。

行商への配慮として必須にこそしていないものの、原則書いてほしいということだろうか。

いずれは事業所をドーンと構えたいという思いはあるが、今はまだそんなものはないので、ここは空欄のままでよさそうだ。

まさか錬金術ギルドの錬金室を書くわけにもいかないしな。

じゃ、代表者名から書いていくか。

代表者名は俺の名前――まあここでも「ユーキ」でいいだろう。

申請日は今日の日付を書くだけだ。

商会の目的ってのは……事業内容のことか。

……ちょっと待てよ。ここ、なんて書くのが正解なんだ？

俺がやろうとしているのは通信事業だが、ここに「通信」などと書いてもおそらく理解はされないだろう。

なぜならこの世界では、そんな事業はまだ概念レベルで存在しないのだから。

しかし、他になんて書けば……。

「ここ、なんて書けばいいと思う？」

俺は隣のクロシィにそう耳打ちした。

「言われてみればそうですね……。どう説明したらいいんでしょう……」

クロシィまでも悩んでしまったが、そんな時、男が助け舟を出してくれた。

「商材のサンプルをお見せいただけますか？　よろしければ、それで私が判断しましょう」

職員側がそうしてくれるなら話は早いな。

「これだ。一応まだ試作品だがな」

俺は妖精を一体取り出し、男に見せた。

「ユーキ、このひとだれー？」

「商業ギルドの職員だ」

「そーなんだ！　しょくいんさん、ユーキがおせわになりますなのー！」

すると……男のテンションが上がった。

「これはこれは……妖精じゃないですか！　いったいどこで発見なさったので？」

「見つけたんじゃない。作ったんだ」

「つ、作った……？　妖精を……？　……まあよく分かりませんが、とにかく素晴らしい！　娘に買って帰ったらさぞ喜ぶでしょう！」

好意的な反応なのはいいのだが……何だかこれは勘違いされてそうだな。

少し嫌な予感を覚えていると、男がこう続けた。

「ペット……と言いたいところですが、こちらは人工物なのですよね。なるほど、迷ってらっしゃる理由が分かりました。では、玩具でいかがでしょう？」

予感は的中していた。

やっぱり勘違いされていたようだ。

『娘に買って帰ったらさぞ喜ぶ』とか言ってたあたり、間違いなく動くおもちゃか何かとしか認識されてないな。

まあこれに関しては、機能の説明もなく「これだ」と言って渡した俺が悪かったってのもあるが。

「そういうんじゃないんだ。これのメインの用途は、離れた場所にいる人と会話することでな」

とりあえず、俺は簡潔に概要だけ話してみた。

「え……これそんなことができるんですか？」

それを聞き、男はキョトンとしてしまう。

「……まあ、特殊なものだということは理解しましたので、ご自由にお書きくださって構いませんよ。この欄は特定の許可や資格がいるジャンルかどうかのチェックや、統計資料の作成のために設けているものですので、分類不能なものに関しては特に追及しませんし」

が、どうやら別に理解させる必要性はないようだ。

少なくとも「通信」とだけ書いておくことに何の問題もないことは分かったので、俺はそれだけ書いて次に進むことにした。

次は、商会の名前か。

どんなのがいいだろうな。

……そうだ！　名案を思いついたぞ。

「商会の名前に、国名を入れるのって禁じられてたりするか？」

俺が思いついた案にはこの国の国名が入るのだが、もしかしたら「一商会が国を代表してるように見えるのはダメ」的なルールがないとも言い切れないからな。

案を通せるかどうかを確認するため、俺は男にそんな質問をした。

「特段問題ございませんよ」

どうやら杞憂だったようだ。

であれば、決まりだな。

確か前に一度クロシィに聞いたことがあるのだが、この国の名前は「ドレアムス王国」だったはずだ。

であればこの商会の名前は――『ドレアムス・コミュニケーションズ』にしよう。

「独特なお名前ですね。普通はこの国の名前ではなく、代表者ご自身の名前を入れるケースが多いのですが……」

記入していると、クロシィが横から感想を呟いた。

「ちょっと思い入れがあってな。それにちなんだ名前にしようと思った」

「え、そうなんですか？　でも確かユーキさんの出身、この国じゃなかったはずじゃ……」

「そこは気にしないでくれ。説明が難しいんだ」

思い入れ、前世絡みなので説明しても余計わけが分からなくなるだろうからな。

語感のよさとかも加味してこの名前にしたが、厳密には思い入れのある会社に統合された会社が由来なので、そこも話をややこしくしてしまうし。

というわけで、具体的に何なのかは濁しておくことにした。

話は戻って申請書のほうだが、あとは任意の欄だけだな。

本店所在地はまだないので現時点では空欄、建てた時に変更届を出せばいいとして……残るは資格／免許だけか。

前世であれば電波法のど真ん中だったところだが、この世界ではそんな法律はないだろうし、何より妖精は電波で通信しているわけではないのでここも空欄でＯＫだな。

あとは規約を読んで、同意の署名欄にサインしてっと。

「できたぞ」

俺は三枚の紙を男に返した。

「承知しました。しばしお待ちを」

男はそう言って、三枚の紙を持って奥の部屋に行った。

しばらくして……なぜか男は、錬金術ギルドや冒険者ギルドでも見たような水晶を持って戻ってきた。

「あれ……？」

別に商人って、ステータスウィンドウに反映されるジョブじゃなかったと思うのだが。

何でここでも水晶が出てくるんだ？

「このギルドでもそれを使うのか？」

「確かに商人は戦闘系のジョブではございませんが……融資の際などの本人確認のためもあり、こちらへの登録だけはしていただく決まりなんですよ」

疑問に思って聞いてみると、男はそう説明してくれた。

なるほど、そんな事情があるのか。

おそらく俺は融資を受けることはない気がするが、決まりならやるしかないな。

手をかざすと、水晶はしばしの間見慣れた光り方をした。

「ありがとうございます」

水晶の光が収まると、男は水晶を奥の部屋に戻しに行った。

しばらくすると男が戻ってきて、その手には一枚の紙を持っていた。

「お手続きは以上となります。それでは私たちは今後のあなた方のご繁栄を祈願しておりますので、頑張ってください」

そう言って彼から手渡されたのは、「登記完了書」と書かれた一枚の紙。

これで正式に商人となれたようだ。

「ありがとうございました」

用事が終わったので、俺たちは商業ギルドをあとにすることに。

「クロシィ、さっきのマグカップは持ってるか？」

「ええ、もちろん」

クロシィが差し出したマグカップに飛行ポーションを注ぎ、俺も飛行ポーションを飲む。

「慣れると楽しいですね、空を飛ぶの」

「それはよかった」

クロシィに高所恐怖症とかなくてよかった。

なんてことを考えているうちにも、俺たちは錬金術ギルドに到着した。


さて、と。


「……あ」

錬金術ギルドに着いたはいいが……そこで一つ、俺は大事なことに気がついた。

自分たちで商会を立ち上げて活動することにした以上は、妖精の開発は、錬金術ギルドとは何も関係ないことになっちゃうんだよな。

となると……冷静に考えて、この用途で錬金室を借りるのはまずいんじゃなかろうか。

場所を変えるべく、俺は再度空に浮上した。

が、ここでもう一つ別の問題に気付き、すぐに降りてきた。

そうはいっても……今選択肢に挙がる移動先なんて宿の自室くらいのもんだが、クロシィに休暇を取ってついてきてもらってる以上、自分の部屋でやるってのもアレなんだよな。

やっぱり最初にちゃんと事業所を建てた方がいいんだろうか？

「どうしたんですか？」

迷っていると、それを察したのかクロシィが声をかけてくれた。

「いや、その……今後の妖精の開発、どこでやろうかと思ってな」

「それなら錬金室でいいじゃないですか」

「そう言ってくれるのはありがたいんだが……錬金術ギルドに無関係なことに使うのはよくないんじゃないかな、と」

相談すると、クロシィはフフッと笑ってこう言った。

「何言ってるんですか。これまで弊ギルドは散々ユーキさんにお世話になったんです。そんなことで文句を言う人なんていませんよ！」

どうやらクロシィ的には何も問題ないようだ。

しかしそうは言っても、俺としてはやっぱり若干気が引けるんだよな……。

と、わずかに迷いが残っていた俺だったが、その時。

「……そうだ！」

俺は一つ、名案を思いついた。

何のための「万物創造」だと思っているんだ。

既存の場所を使うのに気が引けるなら、増築すればいいじゃないか。

「ありがとうな。でも、今ある錬金室は他の錬金術師のために使わないでおくよ」

そう返しつつ、俺は錬金室の方に向かった。

錬金室の目の前まで来たところで、まず俺は実際の増築の前に一つ、スキルを発動する。

「鑑定」

一階部分が階数の上乗せに耐えきれる設計になってなくて、増築した瞬間建物自体が崩壊でもしてしまったら本末転倒だからな。

まず俺は、耐久性能をチェックすることにした。

鑑定結果を見るに、この錬金室がある建物は二階どころか五階くらいまで増築しても十分持ちこたえるくらい頑丈にできているようだ。

これなら安心だな。

「万物創造」

続けて俺は、二階部分をイメージしながらそう唱えた。

すると……ものの数秒で、あたかも元から二階建てだったかのように思えるくらい違和感のない増築が完了した。

「よし、できた。じゃ、上の部屋で開発をやろうか」

クロシィのほうを振り返りつつ、俺はそう声をかける。

が……彼女はといえば、完全に直立したまま固まってしまっていた。

「な、なんか急に錬金室棟がでっかくなったんですけど……」

「これで俺たちが錬金室を使っても、他の錬金術師の邪魔にならないだろ?」

「そ、そんなこと、気を遣ってくださらなくて大丈夫でしたのに。というか、ユーキさんが斬新な事業を始めてくれて本当によかったですよ。こんなの建築士泣かせじゃないですか……」

呆然としたまま、クロシィはそう呟く。

建築士泣かせ、か。

そういえば……「万物創造」で何をやるか考えてる時、それを活かして建設業に乗り出すことは一切考えに浮かばなかったな。

それもそのはずだ。

前世でゼネコンといえば、証券会社と同じかそれ以上に激務なことで有名だったのだから。

俺の理念である「ホワイトな雇用を生み出す」に全然合致しないのだから、検討の組上にすら上がらないわけだ。

……そんなことはいいとしてだ。

早速二階で作業開始するぞ。

「いいから始めようぜ」

「あ……はい！　すみません、あまりの光景にボーっとしちゃって……」

階段（流石に一階の中の構造をいじるのは気が引けたので外付けにした）を上って二階に入ると、中には見慣れた光景が広がっていた。

というか中の構図は、ほぼまんま一階と一緒だ。

見慣れた錬金室の光景をイメージしながら「万物創造」スキルを発動したので、当然っちゃ当然だが。

「ストレージ」

テーブルに着くと、俺は亜空間収納から紙とペンを取り出した。

段取りよく開発を進めるために、実装したい機能の整理から始めるとしよう。

まず絶対に必要なのは……発信先選択機能だな。

さっきの試作段階では妖精が二体しかいなかったから、その機能がなくてもかける相手は一意に定まった。

が、今後妖精の個体数を増やしていくとそうはいかなくなる。

誰にかけるかを指定できないようでは、携帯電話と同じ利便性を有するとは到底いえないだろう。

じゃあどんな形でその機能を実装するかだが……別にこれ、電話番号制にする必要は特にないな。

この世界の人たちの場合、妖精に「○○さんにかけてー」と頼む形式にした方が取っ付きやすい気がする。

せっかく会話可能な妖精を作れる以上は、そのメリットを最大限活かして直感的に操作できるようにしたほうがいいだろう。

それじゃ同姓同名の人がいた場合どうするんだって話だが、これも単純な解決策がある。

たとえば「○○さんにかけてー」と言ったら、妖精が連絡先内の一致する名前の人全員の姿に分身して、「どの○○さんー？」「右のだ」などと指定する形にすればいいのだ。

どんな姿にでも変身できる妖精を作れる以上は、変身機能を「通話相手の姿になる」に限定する必要はどこにもないからな。

というわけで、発信先選択機能に関しては一旦これでOKとして。

それがあるなら、当然発信先を自動で限定する機能も必要になってくるな。

「○○さんにかけてー」と発信する形にするとなると……何も対策しなければ、全世界の契約者から同名の発信候補者が出てきて面倒なことになってしまう。

それを防ぐには、ある程度発信者が繋ぎたいと思ってるであろう人物を絞り込んで候補表示するのが必須だ。

候補にするのは、発信者の知り合いか店のみとしておけば十分だろう。

あ、でも「友達の友達を紹介したい」みたいなケースも考えて、紹介があった場合のみ知り合いの知り合いまで表示できるって条件もつけとくか。

うん、それくらいがちょうど必要十分なバランスだろうな。

紹介で知り合いの知り合いまで繋げられる機能に関しては、強引な営業マンとかに悪用されそうな気もしなくはないが、まあその辺は疑わしい会話の検知と強制利用停止とかでどうにかするとして。

後々利用停止判断を行う部署とかを作っていけば、雇用も生まれて一石二鳥だしな。

と、こんなところで、最低限必要な機能は揃っただろうか。

前世だったら高度なＡＩがないと実装できなかったような機能だが、これを願っただけで実装できるってのは、ほんと「万物創造」さまさまだな。

あとは、留守電みたいな相手のメッセージを自分のタイミングで聞ける機能もつけておくか。

そしてそれをつけるなら、はなっから非同期でもやり取りができるようにボイスメッセージを送れる機能もつけとけばより利便性が上がるはずだ。

「……よし、こんなところでっと」

そう呟くと、俺はペンを置いて大きく伸びをした。

「万物創造」には限度などないので、その気になればもっといろんな機能を盛り込むことは可能だ。

音楽を流す機能とか、道案内をする機能とかいった、通話とは全く関係のない機能でさえもな。

しかし、いつまでも開発ばかりやっていては永遠にスタートを切れない。

それに通信のツールと認識すらされてないうちからあまりにも多機能にすると、かえってメリットがぼやけて訴求力が落ちる恐れもある。

この世界の人にしても、最初から盛りすぎなものを渡されても使いこなせず困ってしまうだろう。

そういうのは経営が軌道に乗って人を雇えるようになり、万全のカスタマーサポート体制を整備してからの方がスムーズにいくはずだ。

要は、何事にも順番があるってことだ。

よって、妖精の開発は一旦ここまでだ。

じゃあ、これでもうあとは実物を作れば販売開始できるのか。

と言われると……実はまだ、そこには到達できていない。

今機能の実装計画を完成させたのは、あくまで利用者側の部分のみ。

ドレアムス・コミュニケーションズ側から利用状況を管理する機能はまだなので、そっちの機能の整理もやっていこう。

まずは、どんな形のアイテムにするかからだな。

俺だけが使うなら、パソコンとかで全然問題ないんだが……今後従業員を増やしていくことかも考えると、こちらも直感的に操作できるものにした方がいいよな。

とすると、どうしたらいいだろう。

携帯端末の方は、妖精という形で代替したわけだがこの場合は……。

――そうだ。

ランプの魔神なんてのはどうだ？

ランプを契約管理のデータベースとしておいて、契約とかプラン変更とか利用停止とかは、ランプをこすって出てきた魔神と会話して行う形式にするのだ。

これならかなり直感的で、この世界の人を雇ってもすぐできるようになるんじゃなかろうか。

「ランプをこすって魔神を呼び出す」というワンクッションを置くのにも、ちゃんと意味がある。

「特定の人の指でこすった場合のみ魔神が出現する」みたいな仕様にすることで、万が一ランプが盗まれても顧客情報まで流出してしまうのを防げるのだ。

そして魔神が呼び出した人としか会話しない仕様にしておけば、「他人が呼び出した魔神で悪さをする」というのも防げて、よりセキュリティが堅牢《けんろう》になるってわけだ。

妖精にちなんでパッと頭に思い浮かんだアイデアだったが、なかなか理にかなったものを思いつけたな。

じゃ、ここからは肝心の中身に移ろう。

機能としては、契約・解約、プラン変更、支払管理、利用拒否とその解除くらいがあればいいか。

契約時には虹彩で本人確認を取る仕様にして、それをキーとして状態を管理するようにしておくと便利そうだ。

料金徴収については、妖精に現金で払ってもらって、妖精がランプに物体転送できる仕様にしておけばいいだろうか。

基本的な機能については、いい感じにまとまってきたな。

あ……そういえば。

「なあクロシィ、一つ聞きたいことがあるんだが」

「何でしょう？」

料金徴収にあたって、ふと俺は一つ懸念点が思い浮かんだので、俺は一つクロシィに質問してみることにした。

「この世界って……偽金とかって存在するのか？」

現金を妖精に渡してもらってそのままランプに転送する仕様において、真っ先に考えられるリスクは、偽金を妖精に渡されることだ。

それを避けるには、渡された貨幣の真贋《しんがん》判定を行う機能があったほうがいいかもしれない。

しかし俺は、そもそもこの世界には偽金などないんじゃないかとも予測している。

なぜなら、この世界のお金は金やミスリルなど、金属そのものの価値がそのままお金の価値となっているからだ。

信用貨幣が使われていない以上は、悪い奴にとってもお金の偽物を作る動機がない。

なぜなら仮に偽金を作っても、材料費で同等の費用が飛んでしまうのでお金が増えないからな。

となると、誰も偽金を作らないからそんなものの対策は必要ない、という話にもなってくるんじゃなかろうか。

そう思い、俺はこの世界に偽金という概念があるのかというところをクロシィに聞いてみたが……。

「偽金、ですか？　……時々ありますね。使用すると重罪なのであまり出回りませんが」

あれ、あるのか。

「なぜだ？　それって犯人にメリットはあるのか？　作っても、同額の材料代がかかって無意味だと思うんだが……」

「金属の組成比を変えることで安価に製造する、って手が時々取られますね。真鍮にグラビティウムという安価で重い金属を混ぜれば、輝きも比重もほぼ純金と同じになってしまいますから……」

更に聞いてみると、謎が解けた。

そうか、ここ異世界だもんな。

金より重くて安い金属があってもおかしくないか。

「分かった、ありがとう」

見分けのつきにくい偽金が安価に作れてしまうのなら、悪い奴らに十分偽金を作る動機があってしまうな。

俺は真贋判定機能も実装することに決めた。

ただしこれはランプにというより、妖精の方に実装しておこう。

受け取ってから判別して偽金の場合返金するより、最初っから偽金なら受け取らないってしたほうが手っ取り早いし。

ここまでで――一応、妖精を運用するにあたって必要な機能は一通り揃ったな。

今まで挙げてきた機能は全て、ドレアムス・コミュニケーションズの従業員であれば誰でも操作できる権限設定で問題ないだろう。

他にもいくつか、まだ実装しなければならない機能は残っているのだが……それらは全て、より操作権限を絞るのが望ましいものとなってくる。

ここからは、特定の権限を持つ者がランプをこすらなければ使えない機能について考えていくとするか。

まずは何と言っても、文書回覧機能だな。

従業員が増えてくれば、ミスや不正を防止するために管理者のチェックが必要になる作業も出てくるだろう。

そういったものは、どう足掻《あが》いてもチェックをスキップしたりできないような仕様にしたい。

なんせ俺、少し前に文書回覧を怠ったことで重大なインシデントが起こったのを目の当たりにした――というか、俺そのものがインシデントの産物みたいなもんだもんな。

あの件に関しては俺が膨大な魔力を得られて得したので、俺としてはむしろありがたかったのだが、仮に俺がルシファー側だったらと思うと怖くて震えそうだ。

彼、神界で元気にしてるだろうか。

あの時も何が一番まずかったかというと、転生実行が二者チェックしないと実行できないシステムになっていなくて、ルシファーが羊皮紙を燃やすだけで俺をこの世界に飛ばせてしまったことだ。

特定の作業に関しては、上長の承認が下りないと実行すらできない。

そういった形にするためにも、文書回覧の承認は「申請者より上位の役職のものでないと実行できない」みたいな形にするのが望ましいだろう。

この「管理者のみの権限」ってのは、実装しておくと何かと便利だ。

確か前世の某企業では、顧客情報検索の時、通常は電話番号と氏名が必要なところ、管理者であれば電話番号だけで検索できる、みたいな仕様があったとか何とか。

この妖精とランプの場合はそもそも電話番号という概念がないので、全く同一の機能を実装することはないだろうが、虹彩での利用状況確認周りにその仕組みを応用できるとより社内体制を堅牢にできる気がするな。

あと他にあると嬉しいのは……妖精の利用者が危険な目に遭いそうになった時、妖精がSOSを叫んだら魔神側で妖精の位置情報を確認できる機能とかもいいかもな。

これに関しては、位置情報が分かったからって従業員を救済に向かわせるわけにはいかないので、位置情報把握機能しか使えないランプを作って騎士団とかに提供するのがいいかもしれない。

最後は新規入職者の登録や、退職者の登録抹消機能があれば完璧だ。

これで今度こそ、ランプに実装すべき機能が全部揃ったな。

「……よし」
二、三回ほど見直しても他に必要なものが見当たらなかったので、実装したい機能の整理はここまでとし、実際の創造に入ることにした。
「万物創造」「万物創造」「万物創造」

三回「万物創造」を唱え、妖精を二体とランプを一個創造する。

「おっ、それが進化した妖精さんですか？」

「ああ、そうだ」

「相変わらずかわいらしいですねー。それと……そちらのランプは？」

「これは……」

早速、クロシィが興味津々な様子で色々聞いてきたので、俺は答えようとしたのだが……ランプについて説明しようとしたところで、俺は言葉に詰まってしまった。

今思ったけど、これ、口頭で説明するのめちゃくちゃ難しいな。

いっそのこと、実演したほうが早いか。

「簡単に言うと、こちら側で妖精を管理するためのアイテムだな。実際にやってみるから、ちょっと見ててくれ」

まずは俺自身が妖精と契約してみて、ランプ側でそれを管理するところから。

果ては利用停止や出金、録音参照まで、一通りの機能を使って見せるとしよう。


「はじめまして」

俺は妖精のうち一体に声をかけた。

「はじめましてー！」

俺が話しかけた妖精は、笑顔で挨拶を返してくれた。そして、

「おなまえはー？」

俺の名前を尋ねてきた。

もちろん、これは単純に自己紹介を求められているわけではない。

俺は契約の手順を、妖精の質問に答えていけば必要情報がランプに連携され、契約に至れるような仕様にしたのだ。

この形が一番直感的で、みんなにとって分かりやすいと思ったからな。

「ユーキだ」

「ユーキくん、よろしくねー！　ねんれいはー？」

それもあって、この妖精は名前を答えると次に年齢を聞いてくるようになっている。

普通であれば初対面で聞くようなことではないが、契約に必要な事項だからな。

「二十四だ」

ギルドでの登録の時とかと同じく、俺は転生前からカウントする計算で答えた。

「にらめっこしてあそぼー！」

年齢を答えると、妖精は無邪気さいっぱいに俺の顔面に近づいてきた。

「にらめっこしましょ、あっぷっぷー！」

とはいえこれは、本人確認のための虹彩登録なので、目と目を合わせてさえいれば特に変顔などをする必要はない。

「ありがとー！」

妖精がお礼を言ったら、利用者側での契約申請作業は完了だ。

ここからは、ドレアムス・コミュニケーションズの管理者としてこの契約を締結するターン。

すなわち、ランプのお出ましだ。

俺の指紋は最初から登録されてあるって設定でランプを創造しているので、最初に新規登録作業などは必要ない。

俺はランプを右手の人差し指でこすった。

すると、ランプの先からもくもくと煙が上がり……数秒のうちに魔神の姿になった。

「御用は何ですかな？」

「新規契約の申請をチェックさせてくれ」

「御意」

魔神がパチンと指を鳴らすと、ステータスウィンドウのような半透明の画面が出現した。

画面には「新規申請：一件」という文字と共に、瞳が二個表示されている。

「この中に、犯罪者や過去に強制解約した者の瞳はあるか？」

「いえ、ございませんな」

今回は俺しか申請を出していないので犯罪者も強制解約者もいないのは分かりきったことだが、実際の新規契約締結の予行演習も兼ねてそんな質問をしてみた。

この辺の運用マニュアルは、あとでキチンとしたものを作成しておかないとな。

「分かった。なら承認してくれ」

「御意」

これで正式に、新規契約が結ばれた。

あとは初期費用として基本料金、かけ放題プランの場合は初月の料金も合わせて妖精に渡せばめでたく通話機能開通となるわけだが……そういえば俺、まだ料金プランを作成してなかったな。

そっちを先にやらなければ。

「他に御用はございませんかな？」

「料金プランを作成したい」

「御意」

さて……月額料金、どれくらいに設定するのが妥当だろうな。

「なあ、クロシィ」

「何でしょう？」

「妖精の利用料について考えてるんだが……月々どれくらいだったらみんな納得するかな？」

この世界の人々にとっての相場感なら、元からこの世界にいる人のほうがより的確だろう。

そう思った俺は、クロシィに意見を求めてみた。

しかし……。

「月々、ですか？」

「ああ。『いつどんな場所の人とでも喋れる』という価値に対してお金を払ってもらうわけだからな。使う期間に対して料金を徴収するんだ」

「な、なるほど……それは賢いやり方ですね！」

なぜか、月額料金というシステムそのものを褒められてしまった。

そうか。この世界では、サブスクという考え方自体が全然一般的じゃないのか。

……じゃなくてだ。俺は相場感を尋ねているのであって。

「で、どれくらいがいいと思う？」

俺は再度質問した。

「そうですね……できるだけ普及させたい、という思いがあるのでしたら、三千スフィアくらいが限界かなと思います。もちろん、その程度の価値しかないと言うつもりはないのですが……」

クロシィは、少し悩みながらもそう答えた。

三千スフィアか、悪くないな。

じゃあ、かけ放題プランは月額三千スフィアとするとして。

あともう一つ、五分あたり三百スフィアくらいの従量課金プランも作るとするか。

そのくらいであれば、平均的な使い方をすれば月あたり三千スフィアくらいになるだろうし。

「あまり使わない人は従量課金、平均以上に使いたい人は定額」みたいに選択肢があった方が、より多くのニーズに応えられるだろう。

「どれだけ話しても月々三千スフィアの定額かけ放題プランと、累計通話時間五分あたり三百スフィアの従量課金プランを用意してくれ」

「御意」

俺は作成したいプランを魔神に伝えた。

あ、あともう一個これも言っとかないと。

「ちなみに新規契約時の基本料金は二千スフィアで」

「御意」

これで今度こそプラン作成完了だ。

今回はこうやって一瞬で作ったが……これ、全従業員が同じようにできてしまうのはちょっと問題だよな。

あとで新規料金プラン作成も申請が必要な仕様に変更しておくか。

まあそれは置いといて、とりあえずこれで一旦魔神でやることは終了だ。

「お疲れ様。戻っていいぞ」

「御意。ユーキ様もこまめに休憩を取るのですぞ。人の集中はそう長く続くものではないですからな」

俺が魔神に戻る許可を与えると、魔神はランプに吸い込まれていった。

ランプからのログアウトはこんな感じだ。

ログアウト時には、ホワイトな環境を根付かせるために魔神が一言労ってから吸い込まれるような仕様にしてみた。

「休憩をこまめに」以外にも、「上司に嫌な目に遭わされたらコンプライアンス担当に言いつけちゃえ」的なのとか、魔神が利用者の心境を察して様々なバリエーションの優しい言葉をかけてくれるようにしてある。

ちなみに「戻っていい」と明確に言わなかったとしても、一定時間会話がなかった場合、魔神は自らの判断でランプに戻る。

試してみるとこんな感じだ。

「御用は何ですかな？」

こすってログインし、そのまま敢えて数分放置。

「あの……ランプに帰ってもいいですかな？」

「…………」

「寝まーす」

帰る許可に返事をしないでいると、魔神はそう言ってランプに吸い込まれてしまった。

ログインしたまま忘れられるとセキュリティ上よろしくないので、こんな感じにしてみた。

魔神が完全にランプに吸い込まれるとほぼ同時に、俺は妖精に袖を引っ張られた。

「ねえねえ」

「どうした？」

「おこづかいちょーだい！」

まるで祖父母の家を訪ねた孫かのような純真な瞳で、妖精はそうお願いしてきた。

おこづかいと言うが、もちろんこれは妖精のポケットマネーになるわけではなく、月額料金としてランプに転送されるものだ。

「いいよ。いくら欲しいんだ？」

「そーだねー、ユーキくんはいーっぱいはなしたい？　それともすこしでいい～？」

ここが料金プランの選択ポイントだ。

「いっぱい話したい」と答えると定額かけ放題プランになるし、「少しでいい」と答えると従量課金プランになる。

ただこれ……なんかちょっと、友達料取ってるみたいでちょっとアレだな。

細かい台詞の言い回しとかは、あとで調整しとくか。

とりあえず今は、先に進めよう。

「いっぱい話したいな」

「りょーかい！　じゃあ、ごせんすふぃあおねが～い」

プランが確定すると、基本料金の二千スフィアと定額かけ放題プランの月額料金三千スフィアの合計額が請求された。

「ストレージ」

五千スフィア分のお金を取り出し、妖精に渡す。

「はい、これで」

「わーいありがとー！　じゃあ、おしゃべりたのしんでねー！」

これで開通完了だ。

あとは他の契約者の妖精と連絡先交換を行えば、その人に通話をかけられるようになる。

「こんな感じだ。見ててどうだった？」

「そうですね……ユーキさんがランプのことを『妖精を管理するためのアイテム』って言った意味がなんとなく分かりました！　まさか中から魔神が出てくるなんて思いませんでした……」

クロシィにここまでの理解度を確認してみるも、特に問題ない様子。

「まだまだランプにはたくさん機能があるぞ。それも見てみたいか？」

「はい、もちろん！」

じゃあ次は、通話だな。

契約者が一人しかいないと誰にもかけようがないので、先ほどと同じ手順でクロシィにもう一体の妖精と契約してもらう。

年齢を聞いてしまうのも忍びないので、その瞬間は「万物創造」で遮音ヘルメットを作り、聞かないようにしてあげた。

そして、妖精がクロシィにお小遣いもとい通信料を要求した時。

ふと俺は、このタイミングで真贋判定が上手く機能するかも見てしまおうと思い、クロシィに声をかけた。

「一つ聞きたいんだが……偽金って、使用したら重罪なんだよな？　作った時点ではまだ罪じゃなくて」

「え、ええ、そうですが……」

どうやら前世と違って、作っただけなら無罪のようだな。

なら心置きなく実験できる。

「オッケー。万物創造」

確か、ポピュラーなのは真鍮とグラビティウムの合金だったか。

グラビティウムが何なのか、実物すら見たこともないが、とりあえず「金っぽい見た目と重さの合金になれ」と念じながら偽金を錬金してみた。

「ちょっと試したいことがあってな。これで払ってみてくれ」

「え……まあ、いいですが……」

クロシィは不思議そうな表情で偽金を受け取った。

「はい、これで」

その偽金を、クロシィは妖精に渡す。すると——。

「……これちがーう」

妖精はしょんぼりとそう言って、偽金をクロシィに返した。

「ち……違う……？」

「さっきクロシィが言ってた真鍮とグラビティウムの合金とか、そういう偽金を弾くために真贋判定機能をつけたんだ。だから、今錬金したこれは弾かれた」

困惑するクロシィに、俺は今起きた現象の解説を加えた。

「万物創造」

偽金は誤って使ってしまってはいけないので、王水を創造してその中に漬けて溶かしておく。

「なるほど……そのためにさっきあんな質問をなさったんですね」

「ああ。こっちは本物のお金だから、もう一回支払ってみてくれ」

俺は五千スフィア分の本物のお金を渡した。

この試運転でクロシィの自腹で払ってもらうのもアレだからな。

まあ、あとで出金すればいい話ではあるのだが。

「分かりました。……はい、どーぞ」

「わーいありがとー！　じゃあ、おしゃべりたのしんでねー！」

クロシィも開通完了だ。

「じゃあ、これでユーキさんとさっきみたいに遠隔で話せるようになった、ってわけですね！」

「ああ、そうだ。ちょっと試してみるか？」

「はい！」

一旦、俺は屋上に移動した。

「クロシィにかけて」

「はーい！」

発信すると、やがて妖精がクロシィの姿に変わった。

本来なら繋がる前にまず候補が表示されるのだが、今は契約者が俺とクロシィしかいないし、そもそも俺にはクロシィという名の知り合いが一人しかいないのでいきなり繋がった。

「と、こんな感じだ」

「おお！　素晴らしいです！」

連絡先交換周りに関しては、こんなところで大丈夫か。

じゃあ次は、利用停止とかのあたりを実演しよう。

利用停止が起こりうるケースは主に二つ。

料金未納の際と、機能の悪用を検知した際だ。

機能の悪用というのは、たとえば知り合いの知り合いを紹介する機能を使って悪徳営業マンに顧客リストを売る、みたいなのを想定している。

まずは料金未納による自動停止から試したいところだが……ここで一つ、問題が生じる。

それは、今月分の料金を既に払ってしまっていることだ。

普通に検証しようとすれば、俺は自分の妖精に利用停止がかかるまで一か月待たなければならないことになる。

けど……それはちょっと待ってられないな。

というわけで、ちょっと強引な方法で一か月経たせるとしよう。

「時空調律」

俺は妖精とランプに「時空調律」という魔法剣士のスキルをかけた。

「時空調律」というのは、戦闘の際に時の流れを止めたりゆっくりにしたりして、戦闘を有利に進めるのが主な使い道のスキルなのだが、別にやろうと思えば時間の経過を早める方向にも使うことができる。

その性質を利用して、今俺は妖精とランプの時間経過を一か月スキップしたわけだ。

すると……再び俺の妖精が、俺の袖を引っ張ってこう言った。

「おこづかいちょーだい！」

これは紛れもなく次月の請求の合図。

「悪い、今ちょっと払えないんだ」

「そーなんだぁ……」

支払いを断ると、妖精はしょぼんとしてしまった。

これで未納状態なわけだが、実はこの瞬間から通話が使えなくなるのかといえばそうではなく、まだあと一日の猶予期間が設けられている。

現金を都度渡すという支払い方法である以上、誰も彼もが請求の瞬間に現金を用意できるわけではないと考えられるからだ。

出先で現金を持ち合わせていない時に請求が来て、断ったら即停止、なんてなったら不満を持たれかねないからな。

顧客満足度を不用意に下げないための措置として、こんな仕組みにしたわけだ。

というわけで、あと一日飛ばそう。

「時空調律」

これで自動利用停止がかかったはずだ。

早速、試してみよう。

「クロシィにかけて」

「むりぃ」

発信しようとすると、妖精はそう断って頬を膨らませた。

「それならおこづかいちょーだい！」

未納による利用停止時に発信しようとすると、このように次月の請求分を催促するようになっている。

そこで請求分を支払うと……。

「はい、これ」

「わーいありがとー！　じゃあ、おしゃべりたのしんでねー！」

三千スフィアを渡された妖精は、満面の笑みでそれを受け取った。

「クロシィにかけて」

「はーい！」

「ユーキさんから、れんらくがきたよー！」

料金未納による自動停止の場合は、このように滞納分の支払いを済ませれば自動的に利用再開となる。

発信可能なことが確認できたので、俺は妖精の右手を握って発信を終了した。

「い、今のは……？」

「見ての通り、料金の支払いが滞ると、滞納分が支払われるまで通話ができなくなるんだ。ランプと妖精の時を飛ばして、それを検証していた」

質問されたので、俺は今やったことをざっくりと解説した。

すると……クロシィの表情が固まった。

「あ、あの……」

「何だ？」

「私の認識違いでなければ、それ、さっきの『時空調律』で時間を一か月経過させたってことになる気がするんですが……」

「その通りだぞ」

一瞬、静寂が訪れる。

かと思えば、直後、クロシィは怒涛の早口でこうまくし立てた。

「何なんですその異常な時間の圧縮率は⁉　時空調律って、賢者とか大魔導士とか言われるような方々でも時の流れを六十分の一〜六十倍にするのが限界のはずなのに……」

……え、そうなのか。

六十分の一から六十倍っていうと、時間の経過を早くする方で言うと普通は「一秒で一分経過させる」あたりが限界って意味だよな。

もし俺がそのレベルだったら、一か月時を飛ばそうとしたら時空調律をかけっぱなしでも半日かかるところだったな……。

そんなことにならなくてよかった。

飛ばす時間の総量が一か月と長いことについては、総魔力量の多さで何とかカバーできるか、最悪割合魔力回復ポーションでどうにかなると考えていたが……まさかそっちにも考慮すべき点があったとはな。

おそらく魔攻か魔防あたりが賢者やら大魔導士やらより高いから圧縮率も何とかなったんだろうが、まあ結果オーライで何よりだ。

魔攻とか魔防、普通はどんな数値なんだろうな。

……って思ったけど、よく考えたら俺、自分の数値も覚えてないな。

ステータスオープンしてもスキル名しか見ないことが多かったし、今さら確認したところで戦闘から身を引いた今の俺にはほぼほぼ関係ない数値だし。

……うん。やっぱりどうでもいいや。肝心の時空調律はもう終わったんだし。

「それはいいとして……料金未納と利用停止の流れは理解できたか？」

「え、ええ。とにかく……ちゃんとお金を払わないと強制的に使えなくなるよってことですよね？」

「まあそんなところだ」

ちょっと話が脱線してしまったので、さっきの説明がちゃんと分かってるか再度確認してみたが、どうやらそこは問題ないようだ。

それじゃあ次、今度は悪徳営業マン検知とその時の利用停止の対応についてやるか。

悪徳営業マンの検知を試すには……まずは、検知に引っかかるような悪徳営業マンっぽい会話を再現する必要があるな。

俺は別の紙を一枚取り出すと、ざっくりと台本を作った。

「万物創造」

台本を一部コピーすると、それをクロシィに渡す。

「別室から通話をかけるから、これに書いてある通りに台詞を言ってくれないか？」

「え、ええ……分かりました」

やってほしいことを伝えると、俺は隣の錬金室に移動した。

「クロシィにかけて」

「はーい！」

発信し、しばらくすると妖精がクロシィの姿になり、通話が繋がった。

「例の件だが……どうなってる？」

「ええ、順調です。現時点で二百件ほどの連絡先を集めることに成功しております」

「そうか、よくやった。報酬は前も言った通り、連絡先一件あたり百スフィアだ。いいな？」

「その件ですが……今回集まった二百件は、金持ちな割に頭の悪い人が多くてですね。騙せる期待値も高いことですし、一件二百スフィアでお願いできませんか？」

「……そうだな。検討しておこう」

台本に書いてあることを一通り話すと、通話終了してクロシィのいる部屋に戻った。

実際に悪徳営業マンがこんなやり取りをするのかは不明だが、まあだいぶあからさまなやり取りにしたので、検知には引っかかってくれることだろう。

「あの……何なんですかこの変な台詞は？　何らかの犯罪の計画としか思えないんですが……」

「まあ見てな」

部屋に戻ると、早速俺はランプをこすって魔神を呼び出した。

「御用は何ですかな？」

「悪徳営業マン疑いのある会話の検知履歴を確認させてくれ」

「御意」

用件を伝えると、魔神は半透明の画面にエクセルのような表を映し出した。

表の横軸には「通番」「日時」「通話時間」「危険度」などの項目があり、その下には一件の検知結果が記されている。

どうやらさっきの会話はちゃんと検知に引っかかってくれたようだ。

「通番一の現在の状態は？」

「即時停止しておりますな」

「なるほど。理由は？」

「『連絡先を集める』『一件あたり百スフィア』など、スパムと疑わしい語句が散見されましてな。ハイリスクユーザーと見受けられたので、停止しました」

状態を聞いてみたところ、俺たちの妖精はちゃんと利用停止がかかっていることが確認できた。

「こんな感じでな。連絡先の売買で儲けようとする悪質な業者を取り締まれるように、魔神がモニタリングしてくれるようにしているんだ。その機能を試すために、さっきの変な台詞を言ってもらった」

「なるほど！　そういうことだったんですね！」

何のために台詞を読んでもらったのか説明すると、クロシィは合点が行ったようで、手をポンと叩いた。

一度でもこうなった利用者は、こちら側で停止を解除しない限り、二度と人生において妖精の通話機能を使うことができない。虹彩で本人確認をしている以上、新規契約をしてもブラックリストとの虹彩突合により即時停止がかかるだけだからな。

利用停止中でもドレアムス・コミュニケーションズのインフォメーションセンターにだけは繋がるので、もし万が一身に覚えのない停止をされていた場合は、そこに連絡して解除を依頼する流れにするつもりだ。

ちなみに先ほど魔神に停止理由を聞いたら所見を語ってくれたが、インフォに解除依頼の連絡が入った場合は、魔神が自らオペレーターに所見を語って応対を支援してくれる。

「お疲れ様。戻っていいぞ」

「御意。有給休暇は一分たりとも捨てることがないよう、計画的に使い切るんですぞ」

魔神がランプに吸い込まれていくと、俺はクロシィにこう頼んだ。

「ちょっと今の状態で、俺にかけてみてくれ」

「分かりました。それじゃ……妖精さん、ユーキさんにかけて」

クロシィはそう言って発信しようとした。

が……妖精は、いつもと違った反応を見せる。

「ごめーん。そーごーてきなはんだんで、ちょっとむりなのー」

妖精は困り顔で発信を拒否した。

未納による停止の時は、続けて「それならおこづかいちょーだい！」と言ったが、もちろん今回は料金の追納で再開できるものではないのでその発言もない。

「こんな感じで、上がってきた会話を聞いて黒だと判断したら、ランプから利用停止をかけられるんだ。今回はあくまで検証だからランプから利用再開をかけるが、本来なら一度こうなった人はもう永久追放だな」

「なるほど、そうやって利用者の安心を守るんですね。勉強になりました！」

「ああ」

検証も説明も済んだし、停止解除をかけるか。

と思い、再びランプをこすっていると……クロシィからこんな質問が飛んでくる。

「ちなみに『総合的な判断』というのはいったい？」

なるほど……いい質問だな。

「悪質なユーザーに利用停止をかける場合は、敢えて停止理由をボカすんだ。理由を事細かに説明すると、抜け道を探そうとする輩が出てくるかもしれないからな」

「それは確かにそうですね。名案です！」

質問に答えている間に、魔神がランプから出現した。

「御用は何ですかな？」

「通番一の発信者、受信者の利用停止を解除してくれ」

「御意」

これで再び俺たちの妖精の通話機能が解放された。

今回は検証目的だったから利用停止をすぐに解除したが、本来であれば停止解除の機能はそうそう使うことはないだろう。

あるとすれば、「真犯人が別にいて、通話者は脅されて代理でやり取りをしていただけ」のようなケースくらいだろうか。

いずれにせよ、そうとうなレアケースになることは間違いないので、この機能も「コンプライアンス担当の中でも部長のみ行使できる」みたいにかなり絞った方がよさそうだ。

そうしておけば、万が一従業員に悪徳営業マンとの内通者が出てしまうようなことがあっても、「本来解除すべきでないユーザーが解除されてしまった」みたいな被害を最小限に防げるし。

「お疲れ様。戻っていいぞ」

「御意」

「クロシィ、もう一回かけてみてくれ」

「分かりました。妖精さん、ユーキさんにかけて」

「はーい！」

「クロシィさんから、れんらくがきたよー！」

停止解除後の挙動確認もバッチリだ。

これで、利用停止関連の検証と説明は全て完了だな。


その後も、俺は様々な機能の検証とクロシィへの説明を続けた。

クロシィにもランプに登録してもらって、二者チェックが必要な出金などの機能も含めて、全部想定通りに動作することが確認できた。

そうこうしていると、気付けばすっかり日が暮れてしまっていた。

「いやあ驚きましたよ……まさかこんなにもたくさんの機能があるとは……」

「すまないな。色々覚えることが多くて大変だったか？」

「いえいえ、むしろ何もかもが新鮮で楽しかったです！　ユーキさんが利用者のことをどれほど大切に考えているかもよく伝わりましたし！」

「そう言ってもらえるなら何よりだ」

　これであとは、妖精の増産、一部アナウンスの言い回しの修正、説明書や利用規約の作成が終われば実際に販売開始できるわけだが……今日はもう遅いから、それらは明日に回そう。

　明日はまた丸一日それにかけるとして、目標は明後日販売開始だな。

第五章　ユーキの妖精、思ってたのと違う意味で人気が出る

[side: クロシィ]

ユーキさんと一緒に妖精とランプの機能検証を終えたあとのこと。

私は帰宅前に、錬金術ギルドの総務部に顔を出すことにした。

「お疲れ様です」

「あらクロシィさん、お疲れ様です」

私が声をかけたのはカナータさん。

総務部の中でも人事を担当しており、個人的に一番話しかけやすいと思っている人だ。

今日は既に特別休暇の申請を上げてあるので、別に一日の最後に挨拶に来る必要性はない。

それでもここに赴いたのは、この人に一つ相談したいことがあったからだ。

「本日は休暇をいただきありがとうございました」

私は本題に入る前に、まず休暇をいただいたことへのお礼を口にした。

「いえいえ、全然いいのよ」

カナータさんはそれに対し、菩薩のような微笑《ほほえ》みを浮かべながらそう返してくれる。

かと思うと——彼女は急に眼光を鋭くして、こう尋ねてきた。

「……で、それだけを言いに来たわけじゃないでしょう？　何か私に相談したいことがありそうね」

カナータさんは勘が鋭い。

それは今回に限った話ではなく、私は過去に何度もこの勘の鋭さに助けられたことがあった。

「それもおそらく、ユーキさん関連ね。おそらく……かなり長いこと特別休暇をもらいたい、とか？」

しかしそれでも尚——続けて彼女が放ったその言葉には、私も驚いて鳥肌が立ちそうになった。

相談があるということだけならまだしも、その内容まで一発で当てられるとは。

「そうなんです。実は私、ユーキさんのもとで働くために、今後しばらく特別休暇を取りたいと思ってまして……」

私は相談内容を話し始めた。

「でも、そんなことして本当にいいのかなって思うんです。『万物創造』関連ならいくらでも有給にしていいとは仰っていただいたものの、本当に数か月単位で有給にしたりしようもんなら、流石にやりすぎだと思われるんじゃないかって。私、本当にそんなことしていいんですかね……？」

私が葛藤している点はそこだった。

人事から許可された特別休暇には、特段日数に関する制限などはない。

しかしそれは、私が節度を守って休暇を取得することを織り込んでそうしてくれているのだろう。

だとしたら、今私が考えている休暇の取り方は完全に人事の善意を裏切ることになってしまう。

と、思ったが……カナータさんは、優しい声でこう言ってくれた。

「そんなことで悩んでたの？　思いつめた表情までしちゃって」

「……え？」

「いいに決まってるじゃない。ユーキさんがうちにどれほどの利益をもたらしたかは、クロシィさんもよく知っているでしょう？　それに比べればあなたの人件費なんて、無視できるくらいの額だわ。そんなお方をあなたは連れてきたんだから、数か月どころか一年休暇を取っても、誰も文句なんて言わないわ」

「え……ありがとうございます！」

あまりの優しい言葉に、私は涙が出そうになった。

それをぐっとこらえていると……今度はカナータさんが質問をしてきた。

「あなたはユーキさんのことをどう思っているの？」

ユーキさんのことを、私はどう思っているか……。

そんなの、あまりにも色々思っていることがありすぎて、すぐに全て言語化なんてできるわけがない。

しかしそれでも、私の中に一つ、これだけははっきりと言えることがあった。

「私は——彼についていったら、それだけで人生が一億倍楽しくなると考えています」

「ほほう？」

「出会ってから、私は彼の数々の能力に驚かない日がありませんでした。魔力量といい、スキルの習得スピードといい、彼は全てが常軌を逸しています。でも私が一番魅力的だと思っているのは……そのどちらでもありません」

「……というと？」

「何より彼は、発想力が凄すぎます。まるで『イノベーションは基礎代謝』とでも言わんばかりに、彼からは次々と革新的なものが生み出されていくのです。それを見ていて、私はいつしかこんな感情で埋め尽くされていました。彼の一番近くで、世界の変革を見届け続けたいと」

「なるほどねえ」

パッと言語化できる部分を話すと、カナータさんはニヤリと笑った。

「言ってみれば、『ユーキさんと世界を変えていく』。これを私の人生にしたい、って感じでしょうか」

「いいこと言うわね」

そしてカナータさんは、袖机から一つのキングファイルを取り出し、パラパラとめくっていった。

途中でページをめくるのを止めると……彼女はこんな提案を口にした。

「分かったわ。そこまで言うなら……私もその思い、本気で受け止める」

「……え？」

「おそらくクロシィさん、あなたが躊躇する一番のポイントって、ユーキさんのもとへ行くのが休暇って扱いになるからじゃない？　ならこうするわ」

彼女は更に一枚の紙を取り出すと、何やらサラサラと書き始めた。

「彼、商会を立ち上げたりとかしたの？」

「ええ」

「名前は？」

「ドレアムス・コミュニケーションズです」

「へえ」

書き終えると、彼女は紙を私の方に向けた。

「では、本日正式に発令するわ。クロシィさん……あなたには明日より、ドレアムス・コミュニケーションズに出向していただきます」

彼女が書いていたのは、辞令だったようだ。

「これでスッキリしたでしょ？」

「あ、ありがとうございます！　確かにこれなら、何の罪悪感もなく彼の元で働けます！」

人生の中で、こんなにも人事発令が嬉しかった日があっただろうか。

私は辞令を世界一の宝物のように大切に握りながら、帰路につくこととなったのだった。

◇

翌々日。

昨日無事に残りの下準備を終えられた俺たちは、今日から妖精の販売に入ることとなった。

朝一番、まず俺はクロシィと待ち合わせて商業ギルドに赴いた。

「いらっしゃいませ。本日はどのようなご用件で？」

「屋台の営業許可を取りに来た」

俺が商業ギルドに来た理由。

それは、妖精を売るための販売拠点を得るためだ。

俺たちはまだ店舗を持っていないし、錬金室も錬金術師以外は立ち入れないので集客には向いていないからな。

これでは販売以前の問題なので、クロシィに何かいい案がないか聞いたところ、屋台を開いてみるという案が出てきた。

そのためには商業ギルドの許可が必要とのことだったので、実際の販売に入る前にここに足を運んだのである。

「屋台ですね。かしこまりました」

商業ギルド職員の男はそう言うと、一旦奥の部屋に行って例の水晶を持ってきた。

「それではまず、商会名と代表者名を言ってからこちらに手をかざしてください」

「ドレアムス・コミュニケーションズ、ユーキ」

言われた通りに商会名と自分の名前を言って手をかざすと、最初の登録の時とは違い、水晶が緑色に光った。

「ありがとうございます。問題なく確認できました」

これがここ流の本人確認か。

融資の際などにって説明を受けたが、こういう時にも使うんだな。

「それでは出店場所の希望条件をお伺いします。まず、ご予算はどのくらいでお考えですか？」

予算か。

うーん、そういえば考えていなかったな。

「特に上限は考えていない。今空いてる中で一番条件のいい場所を頼む」

とりあえず、今回はそんな条件で頼んでみることに決めた。

最初に最良の条件での新規顧客獲得数を把握しておけば、後に「この場所なら出店料を抑えても集客効果があまり落ちない」などとコストカットをしていく上での基準になるからな。

「かしこまりました。それですと……こちらはいかがですか？」

男は引き出しから地図を取り出し、一つの区画を指した。

「うーん……よさそうだな」

男が指したのは、二つの大通りに面した交差点の角っこの場所。

人通りは申し分なさそうだったので、俺はそこに出店することに決めた。

「何日間出店されますか？」

「とりあえず一日で」

「本当にそれでよろしいのですか？」

「ああ。とりあえず、この場所でどれくらいの売れ行きになるか知りたいってのが目的だからな」

「かしこまりました。それではこちらの申請書をご記入ください」

申請書に記入すると、最後に出店料を支払い、商業ギルドをあとにした。

飛行ポーションを飲む……ほどの距離でもないので、俺たちは歩いて出店する場所に移動した。

「万物創造」

特に屋台のテントなど持ち合わせていないし、あったとしてもこっちの方が早いので、「万物創造」を使って一瞬で屋台を組み上げる。

「ストレージ」

昨日増産した妖精を何体か出し、店内を浮遊させたらいよいよ販売開始だ。


販売開始から三分後。

「ママー、あれ欲しい！」

一組の親子が、俺たちの屋台の目の前で足を止めた。

「あれ……？」

「うん！　あの羽のついた子！　かわいい！　ほしい！」

子どもは母親の袖を引っ張りながら、もう片方の手で妖精を指差し猛烈にアピールする。

だが……母親はこちらを一瞥すると、ため息をついてこう言った。

「あれは無理よ。妖精さんって、とっても珍しいの。だからとてもウチじゃ買えないくらい高いはずよ」

どうやら母親には、妖精の値段が高いと思われてしまったようだ。

実際には無尽蔵に作れるので、珍しくもなければ高くもないのだが。

「えー、そんなの聞いてみないと分からないよー」

子どもはそれを聞いて、頬を膨らませながら反論した。

「そうかしら……でも高かったら買わないからね。……すみません、こちらの妖精さん、おいくらですか？」

子どもの反論を受け、母親は一応値段を聞いてみることにしてくれたみたいだ。

子ども、ナイス。

「タダだ」

ここぞとばかりに、俺はそうアピールをした。

嘘は言っていない。

本命は月額の通話料なので、無《む》からいくらでも作れる妖精本体の代金を要求する気はないからな。

「た……タダですって？」

これで喜ぶかと思ったが……むしろ母親は、怪訝な表情になった。

「話が上手すぎて逆に信じられないわ。いったいどうなっているの？」

どうやら何か裏があると思われてしまったようだ。

しかし、この手の不信感の払拭はお手の物だ。

何せ俺、前世で新しい投資商品を提案する度にこんな反応を受けては、何とか信頼を勝ち取る方向に持っていってたんだからな。

しかも今回は、前世のそういった案件に比べればはるかにイージーだ。

なぜなら不確定な要素の多い投資商品と違い、今回はあるがままの料金形態を説明するのみだからな。

「タダというのは、妖精本体の代金はいただかないということだ」

「妖精本体……？」

「ああ。この妖精は、遠く離れた場所にいる人とお話しできる通話機能がついた人造妖精でな。俺たちは、通話機能の利用に対し月額料金を取っているんだ。そういう仕組みだから、妖精本体はタダでお渡しできるんだ」

こちらにもメリットがあることを話せば、別に裏があるわけではないと信じてもらえるだろう。

そう思い、俺は今のような説明をした。

「へえ、何か変わった妖精さんなのね。それと、通話機能の……月額料金？　それはおいくらなの？」

「定額のプランだと月あたり三千スフィアだ。他にも従量課金のプランもあるが、そちらはどれくらいあなたが通話するか次第なので何とも言えないな」

「月に三千スフィア……何とも言えないわね。払わなかったらどうなるの？」

「通話機能が使えなくなる。まあ分かりやすく言えば……ただのペットみたいになるな。餌代とかはかからないから、ペットよりは安上がりだと思うが」

「まあ、それは素敵ね！　それならもらっていくわ！」

更に説明を重ねると、母親の印象は最初と百八十度変わり、すっかり妖精を気に入ってくれた。

「買ってくれるの⁉」

「買うというか、タダでもらえるんだって」

「わああい！」

妖精が手に入ると知って、子どもも大はしゃぎ。

妖精を一体と説明書を渡すと、一組目の親子は大満足な様子で去っていった。

「なるほどな……」

一組目の親子が去ったあと。

俺は少し、屋台の外観に手を加えることにした。

人々の妖精に対する印象って、「希少であり、それゆえに高い」なのか。

そのせいで初手で買うのを躊躇われることもあるんだな。

だが、これは逆手に取ればチャンスでもある。

高いという固定観念があるということは、裏を返せば無料で提供するということによりインパクトを持たせられるということなのだからな。

先ほどは口頭で本体が無料だと説明したが、もっと大々的に宣伝するのだ。

「妖精本体0スフィアキャンペーン！」とでも銘打った看板を出しておけば、「妖精がタダだと!?」とばかりに興味を持たせ、人々の注目を集めることができるだろう。

「万物創造」

俺は宣伝文句が書かれた立て看板を創造した。

ポップなフォントにしてみたのだが、これで大丈夫だろうか。

「書体とかこんな感じでいいと思うか？」

「かわいらしくて、妖精さんの雰囲気とも合っていていいと思いますよ！」

聞いてみると、クロシィからも好評なようだ。

とりあえずしばらくは、これでいってみるか。


そんな感じでのスタートを切った初日の妖精販売は――結論から言うと、大成功だった。

今日だけで、妖精の売れた数はなんと百体以上。

まさに「快挙」の二文字が似合う、幸先のよすぎるスタートを切ることができた。

「いやあ、凄かったですね。今日」

「ああ、そうだな」

「通りかかる人みんな、あの看板を見て目の色を変えてましたもんね！」

成功要因は――クロシィも言う通り、ほぼ間違いなくキャンペーンの立て看板だろう。

あれのおかげで、二人目以降のお客様からは高いという先入観を持たれることなく、「え、ほんとにいいんですか⁉」と言わんばかりの食いつき具合で来てくれる人ばかりになったのだ。

そのおかげで話も早く、営業トークに時間をかける必要もなかったため、いい意味で行列ができることもなかった。

客層は本当に様々で……老若男女を問わず、あらゆる層の人が妖精を受け取っていってくれた。

強いて特徴を挙げるなら、「子ども（孫）が喜びそう」といったようなことを言って去っていく人が結構多かったか。

そうじゃなかった人は……だいたいが前世だと「地雷系メイク」とか言われてたであろう感じの雰囲気の女の子が多かった気がするな。

まあ何にせよ、この街の人に全体的にウケているのは間違いないだろう。

「この勢いだと、この街の人全員が妖精さんを使いだす日も遠くなさそうですね！」

「そうなるといいな」

などと言葉を交わしつつ、俺は店じまいにとりかかる。

と言っても、

「ストレージ」

亜空間収納にテントと看板をしまうだけだが。

どうせ容量はほぼ無尽蔵と言ってもいいくらいあるので、いちいちテントを解体したりなどする必要はないのだ。

二秒で店じまいを完了させたところで、俺たちの今日の業務は終了だ。

「じゃ、好調な初動を祝して、例の店行きますか！」

「そうだな」

クロシィの提案で、俺たちはあの何でも食材が揃っている店で打ち上げを行うことに。

そういえば、あの店に行くのも「万物創造」を使えるようになってからは初めてだな。

あの店の食材や調味料の品揃えは抜群だが、それでも精製されたグルタミン酸ナトリウムなどのこの世界の文明で合成できないものまで揃っているわけではない。

今日はそういうのも創造して組み合わせつつ、今までにないほど美味しい料理で打ち上げをやるとするか。

◇

しかし——三日後。

残念なことに……俺たちは、妖精の販売が本当の意味で順調にはいっていないと気付くことになってしまった。

夕方になり、店じまいをしている時のこと。

「うーん、今日も０件か……」

魔神を召喚し、新規契約件数をチェックすると、俺は残念な気分でそう呟いた。

そう。せっかく妖精が多くの人の手に渡っても、それが全く通話の新規契約に繋がらないのだ。

妖精の売れ行き自体は、初日に引き続きずっと好調だ。

コスト削減のために立地条件の悪いところに屋台を構えても、客足は減るどころか、毎日右肩上がりするくらいには繁盛している。

それゆえに、俺も昨日くらいまでは順調に事業が軌道に乗っていると信じていた。

だが、どうも様子がおかしい。

今の状況は、まるで妖精に通信端末としての需要が見出されていないかのようなのだ。

いや、「まるで」というか……おそらく、実際にそうなってしまっているんだろうな。

この三日間を振り返ってみると、思い当たる節が結構ある。

「子ども（孫）が喜びそう」という声が多かったのは、子ども用の玩具、あるいはペットとしてしか見なされていないということで。

地雷系メイクの子が多かったのは、メルヘンチックなグッズとしての需要でのみ売れていたということだったのだろう。

つまりこれが意味することは——根本的に売り方を考え直さなければ、本当の意味での妖精の普及にはいつまで経っても至らないということだ。

おそらく、原因の一つは説明不足だろうな。

契約は妖精のガイダンスで手取り足取り進めてもらえるし、説明書もつけたので、お客様の方で自発的に契約してくれるだろうと楽観的に考えていたが……その見通しが甘すぎたのだ。

「お金なんて払っても払わなくてもかわいさに変わりはないんだから、得体の知れない機能のために契約なんてしなくてていいじゃないか」

かわいさばかりを全面的にアピールして配りまくっていて、通話のメリットをしっかり説明してこなかったばっかりに、そんな考えのもと契約を放ったらかしにされてしまっているのだと思われる。

これは非常にまずい状況だ。

早急に何か手を打たねば。

しかし、具体的に何をやるかは悩ましいところだな……。

パッと思いつくのは「一件一件の営業に時間をかけてじっくりメリットを説明する」といっ

たところだが、話が長くなればなるほど聞いてもらうことのハードルが上がってしまう。

実際に通話しているところを実演型のプロモーションで見せるにしても、テレビもネットもないこの世界でどう広告を打つんだというところがネックになるだろう。

「そのためにテレビを普及させる！」などと言い出したら、それこそ卵が先か鶏が先かみたいな議論になってしまうしな。

「ユーキさん、なんか思いつめた表情になってますが……大丈夫ですか？」

「ああ、心配はいらない。ちょっと考え事をしているだけだ」

……この件は持ち帰ってゆっくり考えよう。

「じゃあな。今日はお疲れ様」

「ええ。相談したいことがあったらいつでも言ってくださいね！」

挨拶を交わすと、俺は飛行ポーションを滝飲みした。

そして、宿に直帰した。

第六章　ユーキの妖精、本当の意味で人気が出る

それから二日間、俺は特に何をするでもなくただゆったりと宿で過ごしていた。

これ以上無策なまま妖精を配っていても意味がないからというのもあるが……それ以前に、単純に休日だからだ。

社長がワークライフバランスを大事にしないようでは、商会全体をホワイトにするなど夢物語もいいとこだからな。

考えないといけないことは山ほどあるが、しっかりと休みを取らせてもらった。

そして……名案というのは、得てしてそんなタイミングで生まれるものだ。

二日目の休日の晩のこと。

突如としてアイデアが湧いた俺は、忘れないようにメモだけとってから眠りについた。

からの、次の日。

朝起きて身支度を済ませると、まず俺はクロシィに通話をかけた。

「クロシィにかけて」

「はーい！」

妖精がクロシィの姿に変わると、俺はこんなお願いを伝えた。

「お疲れ様。今日の集合場所だが……商業ギルドじゃなくて、錬金術ギルドにしてもらってもいいか？」

「錬金術ギルドですか……？　わ、分かりました」

「ありがとう、それじゃ」

手短に用件だけ伝えると、俺は妖精の右手を握って通話を終了した。

あまりにもいきなりすぎる場所変更で申し訳ないが、クロシィには移動用にと数百回分もの飛行ポーションを渡してあるのでまあ大丈夫だろう。

俺も飛行ポーションを即席錬金して滝飲みし、錬金術ギルドに向かうと……ちょうどタイミングが合って、クロシィと上空で集合するような形となった。

「どうしたんですか？　いきなり場所を変えるだなんて」

「今日からはちょっと妖精販売の趣向を変えたくてな。その相談のために、一旦ここに来てもらった」

「なるほど、そういうことでしたか」

空中で話を続けるのもアレなので、降りてゆっくり話せる場所に移動する。

そこで俺は、昨日思いついたアイデアの説明に入った。

「今日からの妖精販売なんだが……個人向けは一旦中断して、大きな組織向けにターゲットを絞ろうと思う」

まず俺は、そう一言で概要を説明した。

俺が昨日思いついた作戦……それは今言った通り、法人から攻めるというものだ。

理由は単純。

個人より法人の方が、契約を勝ち取りやすいと思ったからだ。

個人が物を買う基準というのは得てして曖昧で、「欲しいと思ったら買う」「欲しくなかったら買わない」とその判断は感情的かつ感覚的なものだ。

人々が慣れ親しんでいるものであったり、あるいは「ちょっと斬新」程度のものであれば、感情に訴求して買ってもらうというのも容易といえるだろう。

しかし、概念レベルで誰も分かっていないような、斬新すぎるものとなると話は変わってくる。

いくら実は便利なものであっても、斬新すぎるが故に「使っている自分」のイメージが全く湧かないとなると、購買意欲を掻き立てるハードルはとてつもなく高くなってしまうのだ。

今のこの世界の人々にとっては、通話機能はさながら前衛芸術か何かのように映ってしまっていることだろう。

これを解消する手もなくはないが、広告の見せ方が限られるこの世界ではそれも至難の業だ。

一方、法人はというと……物を買う基準は「買わなかった場合と比べて収益や効率が上昇するか」といったように、客観的で数値化しやすいものとなってくる。

これの何がいいかというと、法人相手だと、メリットを数値化して提案することさえできれば絶対に契約を勝ち取ることができるのだ。

斬新だろうが前衛的だろうがそんなことは関係なく、論理的に訴求するだけでいいのである。

要は、「感情に訴えかけやすいものは個人に、革新的なものは法人に売れやすい」ということになるわけだが……ここでこの世界における妖精の通話機能のポジションを考えると、間違いなく後者だ。

それゆえ本来は、最初から法人向けに動くべきだったのだ。

これは別に個人向けを諦めるという意味ではなく、一度業務用として妖精の使い心地の味を占めたら「便利だからプライベートでも使ってみよう」となり、時間差で個人向けとしても認知されていくことになるだろう。

平たく言えば、順番を間違えていたというわけだ。

思い返せば、前世の携帯電話だって、まずはビジネス向けとして、それから家庭用としてという順で普及したんだしな。

それを踏襲しなければならなかったって話だな。

それじゃあいったい、何で錬金術ギルドに来たのかって話だが。

「というわけで……クロシィに一つ聞きたいんだが、このギルドで教会とか治癒師ギルドへの営業を担当している人って誰なんだ？」

目的は、コネを利用することだ。

一応、錬金術師として一線で活躍していた身だからな。

法人といっても数多の種類があるが、何の縁もゆかりもないところに飛び込むよりは錬金術と関連のある場所に行った方が信頼してもらいやすいはずなのだ。

そこに錬金術ギルドの営業という既に繋がりのある人も加われば、初期のアドバンテージは更に強固なものになるだろう。

そんな思惑で、錬金術ギルドの力を借りられたらと思ったのである。

……と、思ったのだが。

「営業担当ですか……今でしたら、アモフさんとかですかね。まだ彼、営業に移ってから日は浅いですがね……。それと一応、私もユーキさんと会う一週間くらい前までは治癒師ギルドへの営業を担当してました！」

灯台下暗しとはこのことか。

どうやらクロシィが一番治癒師ギルドの営業担当とは仲がいいようだ。

力を借りようと思っていたとは言っても、別に錬金術ギルドとして行くわけではなくあくまでドレアムス・コミュニケーションズとして行くわけだし……そういうことなら、二人で向かえばいいか。

「なるほど。じゃあ、俺のことを治癒師ギルドに紹介してもらっていいか？」

「もちろんです！」

結局俺たちは、二人だけで治癒師ギルドまで飛んでいくこととなった。


治癒師ギルドにて。

受付でクロシィが治癒師ギルドの営業の人を呼ぶと、俺たちは応接室へと通され、そこで三者での商談が始まることとなった。

商談といっても、今回はまだ様子見に留めるつもりだが。

「まずは法人から攻略する！」と決めたはいいものの、具体的にどういう切り口で妖精を提案するかのプランまでできているわけではない。

そこを詰めるため、まずは現状治癒師ギルドがどんな課題を抱えていて、その中のどれが妖精で解決できそうかを探るというのが今回の趣旨なのだ。

要は、ヒアリング回というわけだな。

そのため今回は、俺は軽く自己紹介しておくに留め、主にクロシィと治癒師ギルドの営業とで世間話をしてもらう手はずになっている。

「お久しぶりです、タリアさん」

「ええ、お久しぶりですクロシィさん」

治癒師ギルドの営業担当は、タリアというようだ。

「そちらの方は？」

「こちらはユーキさん。例の錬金術師です」

挨拶を終えると、クロシィがそう言って俺を紹介してくれた。

って――ちょっと待った。

何だ「例の錬金術師」って、その雑な紹介は。

「まあ、この方が⁉」

と思ったが……なぜかタリアには、それで通じてしまったようだ。

「驚きました……まさかこんなにお若い方でしたとは。二段階の薬効進化なんてお使いになるとのことですから、てっきり老練なるお方かと思っておりました……」

「老練だったとしても、説明のつかない能力ですけどね……」

「それもそうですね！」

なるほど、この二人の間だと「例の錬金術師＝二段階薬効進化の使い手」で一意に定まるのか。

懐かしいスキル名だな。

「初めまして、ユーキさん。お会いできて光栄です」

「光栄だなんて、そんな」

「おかげさまで凄く助かっております」

「それはよかった」

俺の話はいいので、早く世間話に入ってくれるとありがたいのだが。

初っ端から好印象を得られていること自体はありがたいんだがな。


数分の間二段階薬効進化や素材自由化の話で盛り上がったあと、二人はようやく俺の話題から離れて世間話を始めた。

「最近は結構順調にいってる感じなんですか？」

「ええ、そうですね。少なくとも、以前のようにポーションが足りなくて困ることはなくなりました！」

「それはよかったです。一年前の風土病の時とか本当に大変でしたもんね」

「あれは思い出したくもないですね……。ヒールポーションがどんどん倉庫から消えてって、しまいには上位のを薄めて対応したりとか、冒険者ギルドが聞いたら激怒しそうな対応を余儀なくされてましたから」

「わあ、それは確かに……聞く人が聞けば『なんてもったいないことを！』ってなりそうですね。切羽詰まった状況ではそんなことも言ってられなかったと思いますが」

「その点、今は安心ですよ！　御《おん》ギルドにはありとあらゆるポーションが年単位で備蓄されていると伺っておりますから……」

なるほどな、この世界では風土病の対応策にヒールポーションを使うのか。

特効薬がないから、自然治癒力をアシストするような療法を取らざるを得ない、といったところだろうか。

前世で喩えると、ウイルス系の病に解熱剤が処方されるような状況に近いのかもしれないな。

確かに、言われてみれば「錬成――○○」系のスキルに抗生剤や抗ウイルス薬を錬金する類のスキルは見かけなかった気がする。

「万物創造」でそういった類の薬を生成するのもアリだろうか？

……って、そうじゃない。今日は妖精を治癒師ギルドでどう活かせそうかを聞きに来たんだ。

全く違う商材を考えてどうする。

抗生剤は「今契約してくれたらセットで付けちゃいます！」みたいな感じで特典にするとでもしておいて、一旦そこから考えを離そう。

「ポーション関係以外で、今お困りのこととかあったりしますか？」

お、クロシィ、ナイス質問。

「そうですね……それで言うと、訪問診療は依然として大変ですね。治癒師の稼働時間が移動に取られるので、どうしても業務量が逼迫してしまって。この担当だけは未だに苦労が尽きないですね」

「なるほど……」

「まあそれこそ、飛行ポーションを移動に用いればこの負担もかなり解決されるんでしょうけど。流石にコストが見合わないというか……」

「確かに、それはそうですね……」

「元冒険者の治癒師とか、もっと増えてくれればいいんですけどねー」

「彼らの脚力があれば移動もへっちゃらでしょうしね」

「そうなんですよ。ただ……冒険者と治癒師、双方を志望する人って本当に少ないんですよね。自由を求めるか安定を求めるかという意味では、対極にあるような職業ですから」

冒険者と治癒師は対極にある職業、か。

前世で喩えるなら、いずれ独立を目指すベンチャー志望と医者志望みたいなもんだもんな。

そりゃ確かにくっきり分かれそうだ。

てか……そんなこと考えてる場合じゃないぞ。

今の話、大ヒントじゃないか？

移動に時間が取られることによる治癒師の稼働率の逼迫——これの解決なんてまさに、妖精の出番じゃないか。

俺の作った通話用妖精は、相手の姿に変身することができるのだ。

そしてその精度は、ほとんど本物に近いレベルだ。

今まではこういう視点で考えたことはなかったが……あの妖精による通話相手の姿の模倣は、

たとえば喉の炎症とかそういうところまでそっくりなのだ。

であれば、これを遠隔診療とかに活かしたら、そもそも治癒師本人が患者の家まで赴く必要性をなくせるのではないか。

今しがた閃《ひらめ》いた名案に、俺はゾクゾクするような感覚を覚えた。

考えれば考えるほど、これがジャストアイデアな気がする。

診療に用いることになるということは当然、患者も妖精を使うことになるからな。

業務に携わる人のみならず一般の方までもが、妖精の便利さに触れることになるのだ。

そして訪問診療を必要とするような患者であれば、そのご家族も日々心配していることだろう。

ご家族たちも、患者本人といつでも連絡が取れるアイテムがあるなら欲しい、となるはず。

つまりここを起点にすれば、一般人の利用にまで波及する可能性があるのだ。

まさに一石二鳥ではないか。

業務用に多少機能の追加とか、最適化した方がいい部分はあるだろうから、持ち帰って考えることには変わりないが……気持ち的には、今すぐ提案したいくらいだぞ。

ソワソワした気持ちになりながらも、俺は一応世間話の続きに耳を傾けつつ追加機能実装の具体案を頭の中で練った。

そうして今日の商談は終了した。

治癒師ギルドをあとにした俺は、錬金術ギルドに向かって飛びながらクロシィに提案内容を語った。

錬金術ギルドに着くと、錬金室の二階にて開発に入ることに。

実装する機能は頭の中で整理できているし、今回はそこまで多くないので、いきなり創造に入ろう。

「万物創造」「万物創造」

俺は二体のそれぞれ異なる性能を持つ妖精を創造した。

片方は治癒師用、もう片方は患者用だ。

早速、動作を検証してみよう。

動作検証のためには、まずこれらの妖精と契約をする必要があるが……個人で検証用の妖精を持ちまくっていると、検証用の妖精が膨大な数になって「どの子がプライベート用だったっけ」みたいになってしまいそうだな。

それはちょっと面倒なので、こうしよう。

「アペンド」

俺はそう詠唱し、ランプに一つ機能を追加した。

この「アペンド」というのは、「万物創造」の効果の一種。

具体的には、「万物創造」で創造したものの機能を改修するというものだ。

ちょっと前、ふと俺は「ステータスウィンドウ上のスキル名を鑑定してみたら何が起こるんだろう？」と思って試してみたのだが、そうすると「万物創造」についてより詳細な情報が得られた。

その情報の中には「このスキルは詠唱文句によって様々な効果を現す」と書いてあり、詠唱文句一覧の中に「アペンド」があったのだ。

今回付け足したのは、検証用の妖精をドレアムス・コミュニケーションズの名義で契約するというもの。

この機能があれば検証用の妖精を商会で一元的に管理できるので、今後別の機能を持つ妖精を開発したり従業員が増えたりした時に役に立つだろう。

さあ、それじゃ契約だ。

俺はランプをこすり、魔神を呼び出した。

「御用は何ですかな？」

「この二体の妖精を検証用の妖精として登録してくれ」

「御意」

商会名義の妖精に月額料金もへったくれもないので、これで契約は完了だ。

「お疲れ様。戻っていいぞ」

「御意」

　次は誰がどの妖精を使うかの登録だな。

「クロシィ、こっちの妖精の頭を撫でてくれ」

　俺はクロシィに患者用の妖精を近づけつつそう頼んだ。

　検証用の妖精は、頭を撫でると一時的に撫でた人が利用者として登録される——ようにさっきの「アペンド」で設定してある。

「頭を……ですか？」

「ああ」

「こんな感じで……」

「えへへー！　よろしくねー！」

　利用者の一時登録は、これだけで完了だ。

　俺も同様の手順で、治癒師用の方の妖精の一時利用者となった。

　ようやく準備が整ったので、ここから検証本番だ。

　別室に移動すると、まずは普通に通話を繋げる。

「クロシィにかけて」

「はーい！」

　しばらくすると、いつもと同じく妖精がクロシィの姿に変わった。

「あれ……これで繋がってしまうんですね。何も契約とかしてないのに……」

「検証用の個体については、契約を商会名義でやって簡略化することにしたんだ。その方が都合がいいと思ってな」

「なるほど、ナイスアイデアですね！　ところで今回は何を検証するんですか？」

「ああ、それはだな――」

今回新たに実装した機能は、大きく分けて二つ。

まずは一つ目から――。

「これを受け取ってくれ」

そう言って俺は、ポーションの入ったフラスコをクロシィの姿になっている妖精に手渡した。

するとそのフラスコは、スッと姿を消した。

とほぼ同時に、

「うわっ！　なんか妖精さんの手からポーションが出てきたんですけど⁉」

クロシィの驚く声が聞こえてきた。

そう。一個目の機能は……ポーションの転送機能だ。

せっかく診療が遠隔でできるようになっても、ポーションの処方のために現地に行かないといけないんじゃ意味がないからな。

この機能をつけることで、訪問診療の仕事が全てリモートで完結するようにした。

もともと物体転送自体は月額料金徴収のために存在していたのだが、「各個人の妖精⇣ランプ」かつ「お金のみ」に能力を制限していたのを一部解放した感じだな。

これができるのは治癒師用として作られた妖精のみ、患者用の妖精に向けての一方通行に限ってだ。

誰にでも送り合えてしまうと、この機能をよからぬことに使われてしまっても困るので、必要最低限の転送のみが行われるようにするためそんなバランスにすることにした。

ちなみに送金が「各個人の妖精⇣ランプ」のみで、現時点では個人間では行えないようになっているのも似たような理由だったりする。

個人間送金に関しては、前世で言うところの「犯罪による収益の移転防止に関する法律」を遵守できるくらい商会の運用体制が整ってから解放しようと思っている。

――話を戻して、二個目の機能といくか。

「今のは新機能の一つ、処方薬転送機能だ」

「なるほど、これは確かに便利そうですね……！」

「じゃあ次は、妖精に銀貨を渡してみてくれないか？　金額は特に問わない」

「妖精に銀貨を、ですか……？　か、かしこまりました」

お金の転送を頼むと、しばらくして妖精の手から銀貨が一枚現れた。

これが二つ目の機能、患者⇣治癒師の送金機能だ。

処方薬を転送できても、それだけじゃ結局集金のために現地に赴かないといけなくなってしまうからな。

支払いも遠隔で受け取れるようにするために、この機能を実装した。

こちらについても、今まではランプにしか送金できなかったものを、この用途に限り妖精同士でも行えるようにした感じだ。

「ぎ、銀貨が妖精さんに吸い込まれました！」

「ああ。患者側からは、こんな感じで診察費と薬代を支払うんだ」

「なるほど、そういった機能なのですね……！」

「ちなみにポーションを送った時も、こっちからはポーションが吸い込まれた風に見えていたぞ」

「へぇ～。面白いですね」

この二つを加えれば、治癒師の業務用としての機能も万全に備えたといえるだろう。

そう確信を持てたので、俺は納品用に妖精を増産することにした。

「万物創造」「万物創造」「万物創造……」

部屋いっぱいになるくらい創造したところで、ちょっと作りすぎたかとも思ったが、いずれ他の街の支部とかにも展開することを思えばむしろちょうどいいだろう。

明日はこれを手に、もう一度治癒師ギルドに話をしに行こう。

◇

翌日、治癒師ギルドにて。

世間話から入った昨日とは違い、今日は単刀直入に本題から入ることにした。

「昨日は、訪問診療が大変だという話を聞かせてもらったからな。今日はそれを解決するためのアイテムを提案させてもらいに来た」

そう切り出すと、俺は治癒師用、患者用の妖精をそれぞれ一体ずつ取り出して説明を始めた。

三十分くらいかけて、まずは基本的な通話機能の概要から昨日追加実装した専用機能に至るまで、俺は全てを説明し尽くした。

「こんな感じで……実際に足を運ばずとも遠方の診療が完結する分、だいぶ治癒師の負担は減ると思うんだ。よかったら、導入してみないか?」

最後はそんな一言で、提案を締めくくる。

さて、反応はどうだろうか。

「そんな素晴らしい物が……まるで夢みたいです！　ぜひとも使わせてください！」

どうやら無事好印象を与えられたようだ。

あとは、採算が取れるか次第だな。

業務用に特別な機能を付けている分、月額料金は少し上乗せして一体あたり月四千スフィアくらいにしたいと思っているが……それで治癒師ギルド側は、元を取れるだろうか。

「じゃあ、これで御ギルドがどれくらいコスト削減できるか試算してみようか。万物創造」

俺は計算用にノートパソコンを創造しつつそう言った。

「そこまでやってくださるんですか？」

「もちろんだ。その方が上の人を説得しやすいだろう？」

「ありがとうございます……助かります！」

諸条件をヒアリングしながら、俺たちは負担削減の効果をざっとフェルミ推定した。

すると、導入コストを軽く上回る削減効果があるという試算になった。

「では、予算管理部門に話をつけてきます。ちょっとこれお借りしていいですか？」

「ああ」

治癒師ギルドの営業担当のタリアはそう言うと、ノートパソコンを持って別室に向かった。

応接室でお茶を飲みながら待つこと約二十分。

「予算、承認が下りました！」

無事、契約してもらえる運びとなった。

「じゃあこちらを」

「ありがとうございます！」

人数分の妖精を渡すと、俺たちは治癒師ギルドをあとにした。

その日の夕方。

ランプの魔神を確認すると、今までは見たこともないような怒涛の件数の新規契約が上がっていた。


治癒師ギルドに業務用妖精を提案してから、約一週間後のこと。

「クロシィさんから、れんらくがきたよー！」

休暇のつもりで家でゴロゴロしていると、突如クロシィから連絡が入った。

「どうした！」

「タリアさんがこちらにいらっしゃってます！」

どうやらクロシィは今、治癒師ギルドの営業担当と一緒にいるようだ。

「ユーキさんとお話ししたいそうですが……今よろしいですか？」

「ああ」

「タリアさんにユーキさんの連絡先を渡しても？」

「もちろん問題ない」

「じゃ、タリアさんから改めてかけ直しますね！」

一旦終話すると、しばらくして再度着信が入った。

「タリアさんから、れんらくがきたよー！」

「ああ、応答する」

今度は妖精がタリアの姿に変身した。

自分で作った機能にこんなことを言うのも何だが、今までクロシィに変身するところしか見てこなかったからちょっと新鮮だな。

「お久しぶりです、ユーキさん！」

「ああ、久しぶり」

「ねえ、ちょっと聞いてくださいよ！」

出てみると、すぐさまタリアの熱弁が始まった。

「お、おう。どうしたんだ？」

「それがですね、凄いんですよ！」

そのあまりの熱っぽさに、俺は少々気圧されそうになった。

「まず何と言ってもですね、治癒師の皆さんが快適そうったらありゃしなくて。『訪問診療がこんなに楽になるとは思わなかった』『むしろ今は訪問診療の当番の日が一番楽だ』と、皆さん口癖のように言ってるんです！」

「おお。それはよかった」

「それだけでなく、妖精さんの導入は通常の診察にもいい影響をもたらしているんです」

「どういうことだ？」

「ほら、移動時間がなくなる分、今までより少ない人員で訪問診療が完遂するようになったじゃないですか。そうするとその分、診療所に残る治癒師の数が増えて、そちらも一人当たりの負担が減ったんです！」

「なるほどな」

言われてみれば、そういう側面もあるのか。

試算以上の効果が出ていることに、俺は喜びと安堵が混じったような気分になった。

「患者の皆さんからも、喜びの声があがっておりまして」

「ほう」

「特に発作をお持ちの方からは、『いつでも治癒師と繋がることができる』ということが大きな安心感に繋がっているようなんです！」

「そうか。素晴らしいな」

加えて図らずも、治癒師ギルドのカスタマーエクスペリエンスまでも向上させてしまったようだ。

「お客様重視」を第一に掲げる某社を目指してこの事業を手がけている身としては、何気にそこが一番嬉しいかもしれないな。

「ほんと、どうしてもお礼がしたくて。今日はクロシィさんに連絡先をもらうためだけに錬金術ギルドまで来ちゃいました！」

「わざわざすまないな」

「とんでもないです！　この気持ちを……弊ギルドのみんなの気持ちを代表して伝えに来られてよかったです！」

「もったいない言葉をどうもありがとう」

「もう、謙虚なんですから……。それじゃお忙しい身だと思いますし、そろそろ私は失礼しますね」

終始ハイテンションな様子のまま、タリアのそんな言葉を最後に通話は終了した。

俺、忙しい身だと思われているのか。

ワークライフバランスを重視して動いてるから、実際は休む時はがっつり休んでんだけどな。

にしても、今日は朗報が聞けてよかった。

とりあえず、これで今度こそちゃんと本来あるべき姿での妖精の普及ができたんだからな。

引き続き、もっと契約者を増やしていけるよう精進するとしよう。

そんなことを考えながら、俺は夕飯のために例の店に向かうのだった。


更に三日後のこと。

今日はまた別の意味で、朗報が入ることとなった。

次のターゲットを決めるべく、錬金室でクロシィと会議をしている時のこと。

休憩時間になったところで、一旦ランプの定期チェックをしてみると……いつもと違う反応が返ってきたのだ。

「御用は何ですかな？」

「新規契約の申請をチェックさせてくれ」

「御意」

魔神がパチンと指を鳴らすと、半透明の画面が出現したのだが……今回はその画面に、瞳が表示されていたのだ。

それも、一個や二個ではない。

夥しい数の瞳が現れていて……しかもその数は、現在進行形で増え続けていた。

「「こ、これは……！」」

その光景に、俺もクロシィも思わず息を呑んだ。

間違いない。初期にばらまいた妖精たちが、今になってどんどん契約されていっているのだ。

「す、凄い……。治癒師とか患者さんとかから、口コミで広がったんですかね？」

「おそらくそうだろうな」

こうしちゃいられない。

「クロシィ、契約の承認を手伝ってくれ。会議はあと回しでいい」

「か、かしこまりました！」

クロシィにもう一台のランプにログインしてもらって、俺たちは同時に契約承認作業を進めていくことにした。

結局、この日は終業までとめどなくやってくる新規申請対応に追われることとなった。

「こりゃ明日は久しぶりに屋台販売だな」

「ええ、そうですね！」

ここまで来れば、もはやただ無料の妖精目的ではなく、ちゃんと通話機能を目的として妖精を求めに来る人が多くなるだろう。

そんな確信を持てた俺は、しばらくやめていた個人向けの妖精販売を再開することにした。

そして、次の日。

満を持して、初日と同じ一番いい立地で屋台を始めると……たった十数分で、目の前に長蛇の列ができた。

「いらっしゃいませー」

「例の『通話』とかいう奴ができる妖精をくれ！」

「まいどー」

思った通り、前とは違って来てくれる人々の目的がちゃんと通話機能になっている。

何人か接客すると、周囲はその場で契約する人々で込み合うようになってしまった。

ありがたいことではあるが、大通りを塞ぐ勢いで人が増えたら通行人にとっちゃ迷惑でしょうがないな……。

そうだ。契約用のブースを作って、敷地の外に人が溢れないようにするか。

「ちょっと待っててくれ」

一旦接客を中断すると、俺とクロシィは屋台の外に出た。

「ストレージ」

屋台は一旦しまい、商業ギルドに借りている場所をただの空地にする。

「万物創造」

それから俺は、空地に二階建てのプレハブ小屋を建てた。

プレハブ小屋は、建物の中と外に一個ずつ階段がある仕様になっている。

これで二階を受付とし、「外階段から受付で妖精を受け取り、内階段を降りて一階で契約を済ませて外に出る」という流れを作れば、人の流れをスムーズにできるだろう。

「な、何だ今の……」

「俺の目がおかしくなったのか？　今、テントが一瞬にして建物になったような……」

ふと気がつくと、周囲の人たちが唖然としてしまっているがまあ問題ないだろう。

「クロシィ、ちょっと交通整理を頼む。外階段を上って中に入り、内階段を降りて出るように誘導してくれ」

「え……？　わ、分かりました……！」

俺は受付の二階に移動すると、接客を再開することにした。

それからしばらくは、全くと言っていいほど来客が途切れることがなく……やっと人が少なくなって来たかと思う頃には、すっかり夕方になっていた。

「いやあ、今日は大盛況でしたね」

「ああ。合間を縫って契約を承認するのが大変だった」

そろそろ閉店としようかと思った俺たちだったが……プレハブを解体しようと、スキルを発動しかけた矢先のこと。

この辺ではあまり見かけない、中東の民族衣装のような見た目の恰好をした二人組の男が店に入ってきた。

「ここが〝妖精の街〟ラジアンね」

「ホントに妖精連れてる人だらけ……都市伝説じゃなかったネ」

二人組はそんな言葉を交わしながら、受付に近づいてくる。

外国の方なのだろうか？

それにしても、「〝妖精の街〟ラジアン」とは……街にそんな二つ名がつくほど、外まで噂が波及しているというのか。

「ボクたちにも、妖精もらえるかな？」

「もちろんだ」

二人組のうちの一人が話しかけてきたので、俺はそう答えて妖精を一人一つずつ渡した。

「ありがとう！」

「ああ。きっと役に立つと思うぞ」

彼らは妖精を受け取ると、内階段を降りて一階へと向かった。

「す、凄い……」

彼らの姿が見えなくなると、クロシィが隣でポツリと呟いた。

「……何がだ？」

「さっきの言語、分かるんですね。……あ、もしかして出身地の方でしたか？」

不思議に思って聞いてみたら……どうやら今のは外国語だったようだ。

そういえば俺、よく考えたらクロシィと喋る時にだって自動翻訳系のパッシブスキルを使ってるはずなんだもんな。

同じ効果がこの世界の別の言語にも及ぶなら、俺には同一の言語に聞こえてもクロシィには別言語に聞こえてる、ということもあり得るか。

もしそうだとしたら、今の現象も辻褄が合うな。

「いや、違うが……たまたま知ってる言語だった」

とりあえず、俺は無難にそんな説明で濁した。

このままいくといつしか「たまたま知ってる」言語が山ほど増えちゃいそうだが、まあそれを考えるのはあと回しだ。

そんなことはどうでもよくて……さっきの人たち、契約は無事済んだだろうか。

ランプの魔神を呼び出して確認してみると、無事新たな瞳が出現していたのでそれらを承認した。

妖精が他言語に対応してるか少し心配になったが、どうやら杞憂だったようだ。

「ふぅ～、私も今日は疲れました」

「そうだな、俺もだ」

にしても……今日一日くらいならいいんだが、これがずっと続くとなると流石に大変だな。

この事業ももう軌道に乗ったといえるフェーズに来たと思うし、そろそろ従業員とか雇い始めた方がいいだろう。

「他の地域からも人が来だすとしたら……こっちも人手を増やさないとなあ」

「そうですね！」

俺のホワイト企業育成計画は、これが真のスタートといえるだろう。

福利厚生も風通しもワークライフバランスも百点満点の、理想郷を作ってやる。

番外編　本社ビルの建設

次の日。

午前中いっぱい昨日と同じように妖精を販売した俺たちは、正午になるとプレハブを畳み、昼休憩のあと午後一で商業ギルドに向かった。

目的は、土地の購入。

ようやく経営も軌道に乗ってきたので、そろそろ商会の本部、つまり本社を建てようと思い、その相談をしに来たのだ。

「いらっしゃいませ……って、ユーキ様。本日はこのような時間帯にどのようなご用件で？」

ギルドの建物に入ると、以前対応してくれた男性職員が俺たちを出迎えてくれた。

「本社を建てたくてな、その土地を探しに来た」

「かしこまりました、本社用の土地ですね。借用かご購入、どちらになさいますか？」

屋台の出店許可を商業ギルドが出してくれることからも分かるように、商業ギルドはある意味不動産屋のような事業も行っている。

営利活動に使える土地は、他企業に買われた物を除くと全て商業ギルドが所有権を持っているので、こうしてここで購入することができるのだ。

借用か購入かを聞かれた通り、年単位などで土地をレンタルすることも可能ではあるのだが……一括購入するくらいのキャッシュはあるので、ここは長期的な繁栄も見据えて購入でいこうと思う。

「購入で頼む」

「かしこまりました。それでは現在購入可能な土地の地図をお持ちしますので、少々お待ちください」

ギルド職員はそう言うと、奥の部屋から一枚の地図を持ってきた。

「この地図の青く塗りつぶしてあるところが弊ギルド所有の空き地となります」

地図を広げながら、職員はそう言って見方を説明する。

「なるほどな」

俺は地図を注意深く見ていった。

狙う土地は、乗り合い馬車の停車場近くの立地で面積が広いところだ。

しかし……その観点だと、どうにもなかなか満足のいく土地が見つからなかった。

馬車の停車場近く、すなわち街の中心部に近づくにつれ、細々とした土地しか残っていないのだ。

停車場から徒歩五分圏内だと、大きくてもせいぜい一軒家二つ分くらいのサイズの土地しかない。

今後どれだけ従業員規模を拡大することになるかは分からないが、こんな土地じゃ百階建てにでもしない限り十分な大きさの事業所を作れないのは明白だ。

福利厚生で飛行ポーションを支給するのを前提に、多少交通へのアクセスを妥協したりした方がいいだろうか……。

「いかがなさいました？　お悩みのようですが」

結論を出せないでいると、ギルド職員が俺の様子を気にかけてくれた。

「いや、交通の便がいい場所にもうちょっと広い土地があればなと思ってな……」

ないものねだりはしてもしょうがないと思いつつも、一応そんな風に何を悩んでいるかを伝えてみた。

すると……こんな提案が返ってきた。

「なるほど。そういうことですと……空き地ではなくなりますが、一応いい土地をご案内することはできますよ」

「……え？」

「この停車場の隣の土地、百年前に没落した貴族の廃墟があるんですがな。一応その土地、弊ギルドが所有しているんです。一から建物を建てたいのであれば、既存の建物の解体が前提とはなりますがいかがでしょう？」

ギルド職員が地図上で指し示した場所は、今まで紹介してもらったどの土地と比べても四倍以上はあるであろう広大な一角だった。

どうやら空き地にこだわりさえしなければ、理想の土地があるようだ。

「なるほど」

そんな手があったなら……ぜひそれでいかせてもらいたいな。

「じゃあそこで」

「ありがとうございます！　この土地、なまじデカい上に改築必須なほど老朽化した建物が鎮座しているものですから、誰からも見向きもされていなかったんですよ……。ここを買い取ってくださるなんて、こんな嬉しいことはありません！」

購入の意思を示すと、ギルド職員はこれでもかというくらい何度も頭を下げてきた。

俺はアクセスのいい広大な土地を手に入れられて、ギルドからすれば不良債権みたくなっていた土地をようやく手放せてｗｉｎ－ｗｉｎってなわけか。

「それでは一応、この土地について少し説明させていただきますね……」

そこからは、ギルド職員による土地に関する補足説明が始まった。

内容は、地価の相場の決まり方や地盤の強さ、天災の発生頻度や近くの遺跡の有無などだ。

こういった説明は、しておかないとあとで「こんなはずじゃなかった」とトラブルに発展する可能性があるので、絶対にしなければならないもののようだった。

ちなみに俺が買おうとしている土地は、地盤は強固そのもので地震も過去数百年発生した試しがないという、「廃墟さえなければ誰にとっても理想そのもの」みたいな場所だとのことだ。

言われてみればこっちの世界に来てから一度も地震なんて起こった試しがないので、ここがそういった意味で恵まれた土地なのは間違いないのだろう。

地価に関する説明も、聞いてて特に疑問に思うところはなかったし、最終的に説明の末に提示された金額も納得のいくものだった。

「お支払いはどうなさいますか？」

「現金で」

当然、土地の購入はキャッシュで一括だ。

俺は代金を支払い、ギルド職員から土地の権利書を受け取ると商業ギルドをあとにした。

◇

ギルドを出ると、俺たちは購入した土地へと直行した。

「ここが元貴族の屋敷、か……」

「今にも幽霊が出てきそうですね」

その土地に建っていたのは、まさに「ボロボロ」としか形容できない有様の屋敷だった。

建物はところどころ朽ちて崩れかけていて、窓という窓からは蔦《つた》が建物内に侵食してしまっている。

「こりゃギルドも売るに困るよな……」

日本の限界集落を彷彿とさせるその見た目に、俺はしばしの間圧倒されてしまった。

が……別にそんなのは、端っからリフォームする気だった俺たちには関係のないことだ。

「万物創造」

まず俺はそう唱え、廃墟を完全に無に帰した。

「万物創造」は、あくまでも何かを創造するためのスキル。

何かを破壊するといった用途には使うことができないだろう。

しかしそこは発想の転換、「ここに更地を創造する」というイメージを持ってやってみたら、
無事綺麗に整備された更地を作り出すことができた。

「わあ、廃墟が一瞬で跡形もなくなってしまいました……！」

目の前の出来事に、クロシィは目をパチパチさせて驚いた。

「なあに、これはまだ準備段階だ。ここからが本番じゃないか」

「そ……そうですね！」

それじゃ次は、本社の建物の建設に入るとしよう。

外観だけでなく内部の機能まで、しっかり丁寧に思い描いて——。

「万物創造」

最大限の集中力を込めて、再び俺はそのスキル名を唱えた。

すると……再び目の前の景色がとてつもない勢いで変貌した。

ゴゴゴという音と共に、何もかもが白飛びするようなまばゆい光が差したかと思うと、眩しさが落ち着く頃には高さ百メートルを優に越す建造物がそびえ立っていた。

「な、ななな何ですかこの常軌を逸した高さの建物は……！」

この世界の建造物だと絶対にあり得ないその高さに、クロシィは真上を見上げたまま固まってしまった。

「あの……これは天空の塔か何かですか？　こんなのおとぎ話でしか聞いたことありませんよ……！」

「ハハハ……」

おとぎ話、か。

俺としてはただ、前世で憧れた某会社の本社ビルを模して創造したにすぎないんだがな。

もっとも、外見に関してはこの世界の景観を壊さないようレンガ造りっぽい見た目にしてあるが。

レンガ造りっぽい見た目とは言っても、流石にこの高さの建物をガチのレンガ造りにすると耐久性の面で不安しかないので、内部構造はオリハルコン筋コンクリートにしてある。

「こ、これが新しい職場……」

クロシィはそう呟き、ゴクリと喉を鳴らした。

「一応こんな感じでと思ったんだが、どうだ？」

「え、ええ……ユーキさんのことですから、何かしら画期的な建物を建てるんだろうなとは思っていましたけど。まさかこんなにも圧倒的な街のシンボルができちゃうなんて思ってもいませんでしたよ……」

「気に入ってもらえたか？」

「そ、それはもちろんですけどね！　というかこんな建物があったら、求人を出したが最後、多分私たち履歴書に圧殺されてしまいますよ？『この建物で働きたい』という勢力によって！」

「ハハハ……」

流石にそれは言いすぎじゃないだろうか。

確かに前世の就活を思い返してみても、本社ビルがかっこいいってのは多少モチベーションアップに繋がりはしたが……流石にそれが志望先を決める決定打にはならなかったし。

ただまあ、これが少しでも優秀な人材の目を引くきっかけになればってのには同意だな。

そんなことを考えていると、クロシィが一つ疑問を口にした。

「しかし……これだけ高いと、高層階勤務の人は職場に辿り着くのも一苦労では？　もしかして、飛行ポーションでの昇り降りが前提だったり……？」

「いい質問だな」

その質問が来るとは思っていた。

この世界にはエレベーターという概念が存在しないので、「階数が多い＝階段の昇り降りが大変」という発想に至るのは至極当然のことだからな。

だがもちろん、この建物はそこの対策もきちんと考えて設計してある。

「答えは中を見学すれば分かるさ」

どうせこのあと内部の紹介はするつもりだったし、口頭で答えるより実際に見てもらった方が早いだろうと思い、俺はクロシィと共に中に入ることにした。

「こっちに来てくれ」

「はい！」

俺が正門に向かって移動し始めると、クロシィはウキウキとした軽い足取りで後ろをついてきた。


中に入ると……まず最初に視界に入ってくるのは、長く続く廊下とその両隣にあるいくつかの広めの空き部屋だ。

「ここは……？」

「レストランフロアだな。この階には飲食店とか、お弁当屋さんとかに入ってもらおうと考えている」

興味津々で周囲を見回すクロシィに、俺はそう説明した。

従業員としても、帰り際にふらっと寄れる美味しいお店があると嬉しいだろうからな。

全てをオフィスにするわけではなく、低層階はそのような用途で一般開放しようと考えているのだ。

人がよく集まるとなれば、飲食店をやりたい人にとっても悪い話ではないだろうしな。

入るテナントとしては……まずは地元の飲食店に公募をかけるとして、場所が余ったら焼肉屋、海鮮料理屋、蕎麦屋、トンカツ屋、居酒屋あたりから何か入れるといいだろうか。

蕎麦屋なんて蕎麦の文化もないのにどうすんだって話だが、そこはまあ「万物創造」で蕎麦粉を創造するとかやりようはあるだろう。

とはいえ、あくまでそれらは「予定」だ。

現状はまだ、特にこの階に見どころはない。

なのでさっさと次の階に行くとしよう。

俺たちは階段を上がり、二階に移動した。

俺の中では――この階こそが、今回の一番のこだわりポイントだ。

「わわっ！　な……なんですかここは……！」

二階の様子が目に入るなり、クロシィはいつもより高いトーンの声でそう言って息を呑んだ。

「見慣れない生き物が……た、たくさん……！」

クロシィが指差す先にいるのは……カウンターに並ぶ、頭に輪っかをつけた人間のような見た目の存在たちだ。

「あ、あれはいったい……？」

「人造天使だ。あの天使たちは、人間を任意の階に転送させる能力を持っている」

戸惑うクロシィに、俺はそう言って正体を説明した。

そう。ここにいる輪っか人間こと「人造天使」とは——前世で言うところの、入館ゲートとエレベーターを一体化させたような存在だ。

人造天使たちはランプの魔神と連携していて、目の前の人間が従業員か否かを判別することができる。

そして従業員だった場合は、その人が「○階に送ってくれ」などと指示したら、その人を指定の階層に転送することができるようになっている。

この階は従業員全員が通る場所となるので、フロア全体が人造天使の受付カウンターとなっているが、各階にも少数ずつ人造天使が配備されていて、任意の階層移動を一瞬で行うことができるようになっているというわけだ。

このような形にした理由は二つ。

一つは、どうせ発想次第で自由にどんなものでも作れるのならば、単純に昇降機を設置する

よりもっと利便性の高い仕組みにしたいと思ったからだ。

一回あたり数十秒とはいえ、階層を上下する時間が短縮された方がいいに決まっているからな。

そしてもう一つの理由は、様々な意味でリスクを減らしたかったからだ。

俺たちは普段当たり前の用に使っている飛行ポーションだが、あれ実は本来手練《てだ》れの冒険者しか使わない代物らしい。

全く身体操作に慣れていない者が十分な訓練なしに使うと、あらぬ方向に飛んでしまったり操作を間違えて落下してしまったりと、事故に繋がりかねないものなのだそうだ。

研修でキッチリ飛行訓練をすれば、そういった事故の確率は宝くじレベルで低くなりはするのだそうだが、その話を聞くととても日頃から多くの従業員に使わせるものとして相応しくはないんじゃないかという気がしてしまった。

というわけで、クロシィが建物に入る前に言っていたような「みんなに飛行ポーションを支給し、各々の職場まで飛んでもらう」という方法はとらないことにしたのだ。

福利厚生として欲しい人に任意で飛行ポーションを提供するくらいならいいが、全員に使用を義務付けるような形にはしない。

今のところは、そんなバランスでいくといいんじゃないかと考えている。

それに飛行ポーションで自分の職場の階層まで飛ぶとなると、おそらくはそれぞれの階にドアをつけてそこから入ってもらう形となるだろうが……あまり出入口を増やすと、それはそれでセキュリティ的な観点でよろしくない気もするしな。

その点この人造天使による転送の場合は社内への入口が一本化されるので、ここで確実に従業員か否かを選別できて堅牢なセキュリティが確立されるというわけだ。

「なるほど転送ですか……。まさかのアイデアでしたね」

「便利そうだろう？」

「便利って次元は完全に超えちゃってますね。各国の貴族が自分の屋敷にこれを導入してもらいに殺到するレベルでは？」

「そ、そんなにか……？」

流石にそれは褒めすぎじゃなかろうか。

というか、これの利便性って相応の階層がないと十全に発揮されない気がする。

前世でも、健康のために「上がる時は二階、降りる時は三階までは階段移動！」みたいな運動をやってたことだし、現状これなしでやっていけてるのなら無理に導入しない方がいいいんじゃないかって気がしなくもないんだがな。

まあ実際その辺がどうなるかは一旦置いておいて……動作検証も兼ねて、一回この人造天使にどこかの階へ連れていってもらってみるか。

「試しに上の階に転移してみたいか？」

「もちろんです！」

クロシィも乗り気なので、早速転送してもらってみることに。

「どうすればいいんですか？」

「なあに、普通に受付の係員だと思って接すればいいさ」

お手本を見せるために、まずは俺が一体の人造天使の前に並んだ。

「お疲れ様です。本日はどちらに行かれますか？」

「二十七階に連れていってくれ」

「承知しました」

そんな会話を交わすと……次の瞬間には、気付いたら俺は吹き抜けを備えた広大な空間へと転移していた。

従業員かどうかの判定は会話の裏で勝手にやってくれているので、これで流れ的には全く問題ない。

しばらく待っていると……突如として、俺の目の前にクロシィが現れた。

「わあ！　転送ってこんな感じなんですね！」

「ああ。ちょっとびっくりしちゃったか？」

「そうですね。慣れるまでには何回かかかりそうです……。でも、画期的で楽しいです！」

「それはよかった」

ちなみに俺が転移先の階層に二十七階を選んだのにも、実はちゃんと理由がある。

「いいだろ？　ここの吹き抜け」

「確かに！　広々としててとても落ち着きます！」

そう。吹き抜けを備えた空間は、この階にのみ存在するのだ。

「でも……なんでこんな空間を？」

「この階は社員食堂にするつもりだ。リラックスして昼食を食べれるといいかなと思って」

もちろん、ここに吹き抜けを作ったのにだって、ちゃんとそういった目的がある。

「なるほど。しかしそれだと、一階のレストランフロアと役割が被るのでは？」

「いや、そこも明確に役割を分けるつもりだ。一階は普通の飲食店で、こっちは従業員のみが格安で利用できる専用食堂ってな感じでな」

人造天使がいるのは二階なので、一階は一般人でも誰でも利用できる。

だがこの階は、人造天使による転送によってしか辿りつけない——すなわち従業員しか来ることができない場所だ。

その違いを活かし、一階にはテナントを貸して普通の営利目的の飲食店に入ってもらい、二十七階には福利厚生として商会が費用の一部を負担した（従業員から見れば）激安の食堂を作る。

そうすれば従業員も、「普段は二十七階で節約して、たまには一階のレストランフロアで奮発する」みたいに目的に応じて食べる店を変えられるってわけだ。

「そのやり方は頭いいですね。それに何というか……仕様の端々からとにかく従業員を大切にしようって気持ちが伝わってきて、そんなところも素敵だなって思いました！」

クロシィは感動した様子でそう呟いた。

「そう思ってもらえるなら何よりだ。ちなみに、他に何か『こんなものもあったら嬉しいな』と思うようなものがあったりはするか？」

「そうですね……正直、私の発想で思いつくような職場の理想はもう全部実装されているような気がします。というか……もしかして、これ以外にもまだ何か他に隠された従業員に優しい仕様があったりして⁉」

「そうだな……一応各フロアの休憩室には、瞑想用にASMR《エイエスエムアール》妖精完備のハンモックを置いておいたぞ。それと強いて言えば、治癒師ギルドの出張所をどこかの階に入れられたらいいかなとは思っている。具合が悪くなった際に階層転移だけですぐに駆け込めたり、平常時も定期的に健康をチェックできたりするといいかなと思って」

「そのアイデア、最高です！」

「じゃあ決まりだな。クロシィのほうが治癒師ギルドとの繋がりは深いから、交渉は手伝ってもらっていいか？」

「もちろんです！」

交渉を頼むと、クロシィはやる気に満ちた目で力強くそう答えてくれた。

「この建物が全部埋まるくらい、大きな商会に成長するといいですね！」

「ああ、そうだな」

それからしばらくの間、俺たちは窓から外を眺めたりして、二十七階をふんだんに堪能した。

その後は他の階も見て回り、（窓からの眺め以外はどの階もほぼ変わらないながらも）一応全フロアのオフィスをチェックしたりして一日が終わったのだった。

あとがき

『1億年ポーション』から追っかけてくださっている方はお久しぶりです、はじめましての方ははじめまして。

著者の可換環です。

この度は本作品をご購入くださり、誠にありがとうございます。

私、毎回あとがきに何書くか迷うんですが……そうですね。

主人公が憧れのホワイト企業を築き上げるために錬金術で無双しまくる話だったのにちなんで、私が見る限り出版業界だとどこが一番ホワイトか、みたいな話でもしますかね笑

ぶっちゃけますと、スターツ出版様は私が関わってきた全ての出版社の中で一番ホワイトだと思います。

これは別に忖度とかじゃなくて、仕事をしてきた上での様々な客観的事実を整理した上での所見です。

その「客観的事実」の詳細が何なのかは守秘義務の観点からもあまり言えたものではないのですが、たとえば外から見える部分だと「ラノベでは珍しく奥付けに担当編集の名前が載って

いる」みたいなところからもクリーンな組織運営の片鱗を感じ取っていただけるのではないかと思います。

もし将来出版業界への就職を考えている方がいらっしゃいましたら、このことを頭の片隅にでも置いておいてください（?）


最後に、皆さまに謝辞を述べさせていただきたいと思います。

本作品が形になるまでの全工程を支えてくださった担当の今林様。

素晴らしいカバーイラスト・挿絵を描いてくださったいずみけい様。

それ以外の立場からこの本に関わってくださった全ての方々、そして読者の皆様。

皆さまのおかげで、無事この本を出すことができました。本当にありがとうございます。

二巻でもお会いできることを楽しみにしております！

可換《よしがえ》 環《たまき》

なんでも錬金術師は今日ものんびり志向で生きています ～神様のミスで超絶チートに転生したけど、俺がしたいのは冒険じゃなくてホワイト商会の立上げです～

2023年1月27日　初版第1刷発行

著　者　可換環

発行人　菊地修一

編集協力　若狭泉

編　集　今林望由

発行所　スターツ出版株式会社

〒104-0031　東京都中央区京橋1-3-1　八重洲口大栄ビル7F

☎出版マーケティンググループ　03-6202-0386
（ご注文等に関するお問い合わせ）

https://starts-pub.jp/

印刷所　大日本印刷株式会社

ISBN　978-4-8137-9201-7　C0093　Printed in Japan

［可換環先生へのファンレター宛先］
〒104-0031　東京都中央区京橋1-3-1　八重洲口大栄ビル7F
スターツ出版（株）　書籍編集部気付　可換環先生